Hermann Hesse

Sidarta

Tradução de
HERBERT CARO

15ª edição

EDIÇÕES
BestBolso
RIO DE JANEIRO – 2023

CIP-BRASIL. CATALOGAÇÃO NA FONTE
SINDICATO NACIONAL DOS EDITORES DE LIVROS, RJ

Hesse, Hermann, 1877-1962
H516s Sidarta / Hermann Hesse; tradução de Herbert Caro. – 15ª edição –
15ª ed. Rio de Janeiro: BestBolso, 2023.
12 × 18 cm

Tradução de: Siddhartha
ISBN 978-85-7799-412-0

1. Romance alemão. I. Caro, Herbert, 1906-1991. II. Título.

CDD: 833
12-3400 CDU: 821.112.2-3

Sidarta, de autoria de Hermann Hesse.
Título número 314 das Edições BestBolso.
Décima quarta edição impressa em novembro de 2020.
Texto revisado conforme o Acordo Ortográfico da Língua Portuguesa.

Título original alemão:
SIDDHARTHA

Copyright © 1950 by Hermann Hesse.
Publicado mediante acordo com Suhrkamp Verlag, Frankfurt, Alemanha.
Copyright da tradução © by Distribuidora Record de Serviços de Imprensa S.A.
Direitos de reprodução da tradução cedidos para Edições BestBolso, um selo da Editora Best Seller Ltda. Distribuidora Record de Serviços de Imprensa S.A. e Editora Best Seller Ltda são empresas do Grupo Editorial Record.

www.edicoesbestbolso.com.br

Design de capa: Carolina Vaz. Adaptação de Sérgio Campante para esta edição de bolso.

Todos os direitos reservados. Proibida a reprodução, no todo ou em parte, sem autorização prévia por escrito da editora, sejam quais forem os meios empregados.

Direitos exclusivos de publicação em língua portuguesa para o Brasil em formato bolso adquiridos pelas Edições BestBolso, um selo da Editora Best Seller Ltda.
Rua Argentina, 171 – 20921-380 – Rio de Janeiro, RJ – Tel.: (21) 2585-2000.

Impresso no Brasil

ISBN 978-85-7799-412-0

EDIÇÕES BESTBOLSO

Sidarta

Hermann Hesse (1877-1962) nasceu na Alemanha e, em 1923, naturalizou-se suíço. Contista, poeta, ensaísta e editor de importantes obras da literatura alemã, o escritor foi um adversário declarado do nazismo e se posicionou firmemente contra a ascensão dessa ditadura por meio de artigos publicados naquela época. Em 1911, viajou para a Índia a fim de conhecer a vida no Extremo Oriente. Em seus textos, Hesse procurou se manter fiel às tradições literárias românticas e clássicas. É autor, entre outros livros, de *O jogo das contas de vidro*, *O lobo da estepe*, *Sonho de uma flauta e outros contos* e *Narciso e Goldmund*. Em 1946, Hermann Hesse ganhou o Prêmio Nobel de Literatura.

Sumário

Parte I

Dedicada a
ROMAIN ROLLAND,
meu querido amigo

1
O filho do brâmane

À sombra da casa, ao sol da ribeira, perto dos barcos, na penumbra do salgueiral, ao pé da figueira, criou-se Sidarta, belo filho de brâmane, jovem falcão, junto com Govinda, seu amigo, filho de brâmane. O sol tostava-lhes as claras espáduas, à beira do rio, durante o banho, por ocasião das abluções sagradas e dos sacrifícios rituais. A sombra se insinuava nos olhos negros, quando ele estava no mangueiral, entretendo-se com jogos infantis, ouvindo o canto da mãe, presenciando os sacrifícios rituais, escutando os ensinamentos do pai, o erudito, ou assistindo aos colóquios dos sábios. Havia muito que Sidarta participava dos colóquios dos sábios. Junto com Govinda, já realizava torneios de eloquência; junto com Govinda, já se exercitava na arte de contemplar e nos serviços de meditação. Já sabia pronunciar silenciosamente o *Om*,* a palavra das palavras; sabia dizê-lo, silenciosamente para si, ao aspirar o ar e proferi-lo, silenciosamente para fora, ao expelir o ar, com a alma concentrada e a fronte aureolada pelo esplendor da inteligência lúcida. Já era capaz de perceber no

---

**Om*: "o presente, o passado e o futuro". É, segundo o Upanixade de Manduquia, o mundo inteiro, expressado por uma única sílaba, e ainda tudo quanto pode existir fora dos mencionados três tempos. Pronunciado de diferentes maneiras, simboliza as coisas mais diversas, como as horas do dia, os Vedas, os três deuses Brama, Vishnu e Shiva etc. (*N. do T.*)

íntimo de sua natureza a presença do *Átman*,* indestrutível, uno com o Universo.

O coração do pai vibrava de alegria pelo filho dócil, ávido de saber. Pressentia nele um sábio, um sacerdote, um príncipe entre os brâmanes.

O peito da mãe enchia-se de felicidade sempre que o olhava, observando-lhe o modo de caminhar, de sentar-se, de erguer-se, o modo de Sidarta, o belo, o forte, que lá passeava com suas pernas delgadas e a saudava com perfeito recato.

Nas almas das jovens filhas de brâmanes nascia o amor, cada vez que Sidarta andava pelas ruas da cidade, com a testa luzente, os olhos de um rei, a cintura esbelta.

Mais que todos os outros, porém, adorava-o Govinda, seu amigo, filho de brâmane. Amava o olhar de Sidarta, a voz meiga, a postura, a primorosa correção dos gestos; amava tudo quanto Sidarta fazia ou dizia; e, antes de mais nada, amava-lhe o espírito, os pensamentos sublimes, fervorosos, o ardor da vontade, a alta vocação. Govinda tinha certeza de que o amigo jamais se tornaria um brâmane comum. "Esse aí jamais será nem indolente oficial de templo, nem ganancioso mercador de fórmulas mágicas, nem orador vaidoso e vazio, tampouco sacerdote perverso, bifronte. Mas, ainda menos, chegará a ser ovelha bonachona, estúpida, em meio ao rebanho de outras iguais. Nunca!" E o próprio Govinda, por sua vez, não tinha a menor intenção de ser um brâmane qualquer, tal como existem aos milhares. Queria seguir os passos de seu adorado e maravilhoso Sidarta e se este um dia se transformasse num deus, entrando no círculo dos que resplandecem ao longe, então o acompanharia Govinda, como seu amigo, seu sequaz, seu servo, seu lanceiro, sua sombra.

**Átman*: literalmente fôlego. Em sentido figurado: a força vital, a personalidade, o eu, a alma, o princípio da vida. (*N. do T.*)

Assim, todos amavam Sidarta. A todos ele causava alegrias. Para todos, era fonte de prazer.

Mas a si mesmo, Sidarta não dava alegria. Para si, não era nenhuma fonte de prazer. Enquanto passeava pelas sendas rosadas do figueiral, enquanto se mantinha sentado na penumbra azulada do bosque da contemplação, enquanto abluía o corpo no cotidiano banho expiatório ou fazia sacrifícios rituais no mangueiral envolto em sombras profundas, fazendo gestos de primorosa correção, despertando amor em toda gente, deliciando a todos, não sentia, ainda assim, nenhuma satisfação em sua alma. Visões acometiam-no e também pensamentos irrequietos, brotados das águas do rio, a faiscarem nos astros da noite, a fundirem-se sob os raios do sol. Devaneios assomavam-lhe aos olhos. O desassossego do coração invadia-o, vindo da fumaça dos sacrifícios, do som assoprado dos versos do *Rig-Veda*,* dos ensinamentos dos brâmanes anciãos.

Sidarta começava a abrigar em suas entranhas o descontentamento. Começava a sentir que nem o amor do pai, nem o da mãe, tampouco o do dedicado Govinda teriam sempre e a cada momento a força de alegrá-lo, de tranquilizá-lo, de nutri-lo, de bastar-lhe. Começava a vislumbrar que seu venerando pai e seus demais mestres, aqueles sábios brâmanes, já lhe haviam comunicado a maior e a melhor parte de seus conhecimentos: começava a perceber que eles tinham derramado a plenitude do que possuíam no receptáculo acolhedor que ele trazia em seu íntimo. E esse receptáculo não estava cheio; o espírito continuava insatisfeito; a alma andava inquieta; o coração não se sentia saciado. As abluções, por proveitosas que fossem, eram apenas água; não tiravam dele o pecado; não curavam a sede do espírito; não aliviavam a angústia do

---

**Rig-Veda*: coleção de hinos, o primeiro dos quatro livros sagrados hindus. (*N. do T.*)

coração. Excelentes eram os sacrifícios e as invocações dos deuses – mas de que lhe adiantava tudo isso? Propiciariam os sacrifícios a felicidade? E quanto aos deuses: foi realmente Prajapati quem criou o mundo? E não o *Átman*? Ele, o único, o indivisível? Não eram os deuses figuras criadas da mesma forma que tu e eu, perecíveis, dependentes do tempo? Seria, portanto, bom e acertado oferecer sacrifícios aos deuses? Era isso realmente uma atividade sensata, sublime? Quem merecia imolações e reverência, senão Ele, o único, o *Átman*? E onde se podia encontrar o *Átman*, onde Ele morava, onde pulsava Seu eterno coração, onde, a não ser no próprio eu, naquele âmago indestrutível que cada um trazia em si? Mas em que lugar, em que lugar achava-se esse eu, esse âmago, esse último fim? Não era nem carne nem osso, nem pensamento nem consciência, segundo afirmavam os mais sábios. Onde, onde existia então? Para chegar até ele, até o eu, até a mim, ao *Átman* – haveria qualquer outro caminho que valesse a pena procurar? Ai dele!, ninguém lhe indicava tal caminho, ninguém o conhecia, nem o pai, nem os mestres e os sábios, nem os sagrados cânticos do ritual dos sacrifícios! Tudo sabiam eles, os brâmanes com seus livros santificados; tudo sabiam; com tudo se preocupavam, com tudo e mais ainda, desde a criação do mundo e a origem da fala, dos alimentos, da aspiração e da exalação até as categorias dos sentidos e as façanhas dos deuses! Sabiam inúmeras coisas, mas que valor tinha toda essa sabedoria para quem ignorava aquilo que era uno e único, o mais importante, ao lado do qual coisa alguma tinha importância?

Era bem verdade que numerosos versos dos livros sagrados, sobretudo dos Upanixades do *Sama-Veda*,* referiam-se

**Sama-Veda:* o terceiro dos hinos sagrados hindus. Os Upanixades, tratados filosóficos em prosa e verso, constituem-lhe o comentário. (*N. do T.*)

a esse quê derradeiro, mais íntimo. Que versos maravilhosos! "Tua alma é o mundo inteiro" – rezava um deles e estava escrito que o homem durante o sono, o sono profundo, entrava no próprio âmago e habitava o *Átman*. Sabedoria milagrosa residia nesses poemas. Todos os conhecimentos dos mais sábios encontravam-se ali reunidos, puros qual mel colhido pelas abelhas. Não, absolutamente não convinha desprezar a imensa quantidade de saber que lá estava armazenada e conservada por inúmeras gerações de brâmanes eruditos... Mas onde se achariam os brâmanes, os sacerdotes, os sábios ou os ascetas que lograssem não somente conhecer, senão também viver essa profunda sabedoria? Onde estaria o homem perito que fosse capaz de realizar aquele passe de mágica que transportasse a familiaridade com o *Átman* do sono para o estado de vigília, para a vida, para todos os momentos, e a demonstrasse por atos e palavras? Sidarta tinha contato com grande número de venerandos brâmanes e, em primeiro lugar, com seu pai, homem puro, letrado, sumamente digno de reverência. Admirável, sim, era o pai, em seu comportamento calmo, distinto. Pura era sua vida; ponderada, sua maneira de falar; ideias delicadas e nobres residiam atrás de sua fronte. Quem poderia, porém, afirmar que esse homem, que tanta coisa sabia, levava uma existência feliz? Não seria também ele um pesquisador acossado pela sede? Não se sentia impelido a beber, insaciável, uma e outra vez nas fontes sagradas, a fim de manter-se ao nível dos outros brâmanes? Por que era preciso que tal ser incensurável se lavasse diariamente de seus pecados, empenhando-se dia a dia naquela incessante purificação? Não mora nele o *Átman*? Não lhe brotava do fundo do coração o manancial dos mananciais? Esse manancial, cumpria encontrá-lo dentro do próprio eu, para apossar-se dele! Todo o resto era apenas busca, desvio, equívoco.

Tais eram os pensamentos de Sidarta, sua sede, seu sofrimento.

Frequentemente recitava para si os versetos de um Upanixade de Xandogiá: "Deveras, o nome do *Brama** é *satiam*** e quem tiver conhecimento disso entrará todos os dias verdadeiramente no mundo celeste." Amiúde, esse mundo celeste se descortinava bem próximo, mas ele jamais conseguiu alcançá-lo, jamais saciou inteiramente a sede. E entre todos os eruditos que conhecia, entre os pensadores mais sábios cujos ensinamentos lhe eram ministrados, não havia nenhum que tivesse chegado até lá, pondo o pé no mundo celeste e matando a sede perene.

– Govinda! – disse Sidarta ao amigo. – Govinda, meu caro, vem comigo até a figueira. À sua sombra, entreguemo-nos à meditação.

Encaminharam-se para a árvore. Assentaram-se, Sidarta num lugar, e Govinda, noutro, a vinte passos de distância. Enquanto tomava assento e se dispunha a pronunciar o *Om*, Sidarta, num murmúrio, repetia os versos:

> Om é o arco; alma é a seta;
> Brama é o alvo da seta;
> Cumpre feri-lo constantemente.

Decorrido o tempo habitual do exercício de meditação, Govinda levantou-se. Anoitecera. Convinha fazer a ablução noturna. Ele chamou Sidarta pelo nome, mas este não respondeu. Mantinha-se absorto, com os olhos fixamente cravados num ponto muito longínquo. A ponta da língua salientava-se

---

**Brama:* substantivo neutro que significa primitivamente fórmula mágica. Mais tarde assumiu o sentido da força imanente à cantiga religiosa, para, finalmente, nos Upanixades, referir-se à alma universal, à força eterna infinita, que cria e conserva o mundo. (*N. do T.*)

***Satiam:* verdade. (*N. do T.*)

um pouco entre os dentes. Era como se ele não respirasse. Assim se detinha Sidarta, envolto na meditação, a pensar no *Om*, a seta da alma enviada em direção ao *Brama*.

Certo dia, passava pela cidade de Sidarta um grupo de *samanas*, ascetas peregrinos, três homens macilentos, esquivos, nem velhos nem jovens, de ombros arqueados, cobertos de poeira. Andavam quase nus, tostados pelo sol, cercados pela solidão, estranhos e hostis para com o mundo, forasteiros e magros chacais em pleno território dos homens. Atrás deles fluía, cálida, uma aura de paixão silenciosa, de serviço destruidor, de cruel aniquilamento do próprio eu.

À noite, após a hora da contemplação, Sidarta dirigiu-se a Govinda:

– Meu amigo, amanhã de madrugada, Sidarta irá juntar-se aos *samanas*. Ele mesmo se tornará um *samana*.

Govinda ficou surpreso ao ouvir essas palavras. No rosto impassível do companheiro lia-se a decisão inalterável, qual seta desferida do arco. Imediatamente, num abrir e fechar de olhos, Govinda percebeu o que nesse instante começava a acontecer: que Sidarta iniciava sua jornada, que seu destino se punha a germinar e, simultaneamente, o seu também. O semblante de Govinda empalideceu como a pele de um morto:

– Ó Sidarta! – exclamou. – Achas que teu pai permitirá isso?

Sidarta olhou-o como quem desperta do sono. Com a rapidez de um raio, decifrava na alma de Govinda o pavor e a abnegação.

– Olha, Govinda – sussurrou. – Não desperdicemos palavras. Amanhã, ao primeiro clarão do dia, meu caro amigo, Sidarta há de começar a vida dos *samanas*. Não fales mais nesse assunto.

Sidarta entrou na sala, onde o pai estava sentado numa esteira de ráfia. Colocou-se atrás dele e ali permaneceu, até que o outro notasse sua presença.

– És tu, Sidarta? – disse o brâmane. – Dize-me então o que desejas comunicar-me.

– Com a vossa permissão, meu pai... Vim dizer-vos que é meu desejo abandonar amanhã esta casa e encaminhar-me aos ascetas. Almejo tornar-me um *samana*. Que meu pai não se oponha à minha intenção.

O brâmane manteve-se calado e assim ficou por tanto tempo que da janelinha era possível ver as estrelas mudarem de posição, tomando outro aspecto, antes que o silêncio que pairava na salinha chegasse a seu fim. Silencioso, imóvel, de braços cruzados, conservava-se o filho; silencioso, imóvel, conservava-se o pai na esteira; e as estrelas singravam pelo céu. Finalmente o pai disse:

– Não convém ao brâmane proferir palavras violentas ou iradas. Mas o desgosto agita-se em meu coração. Nunca mais desejo ouvir da tua boca semelhante rogo.

Lentamente levantou-se o brâmane. Sidarta continuava mudo, os braços cruzados.

– Que esperas? – indagou o pai.

– Vós o sabeis – disse Sidarta.

Contrariado, o pai saiu da sala. Ainda contrariado, dirigiu-se ao quarto e deitou-se.

Uma hora depois, não podendo conciliar o sono, o brâmane pôs-se de pé. Caminhou pelo recinto. Saiu da casa. Espiou através da janela da sala. Viu como Sidarta se mantinha imóvel, de braços cruzados. Muito clara, luzia a túnica branca. Com o coração inquieto, o pai voltou ao leito.

E reapareceu, uma hora depois, e reapareceu decorridas mais duas horas. Olhava pela janelinha e via como Sidarta permanecia de pé, ao luar, à luz dos astros, nas trevas. E de hora em hora, o pai ressurgia, silenciosamente. Espreitava o cômodo, observava o vulto imóvel, enchia o coração de cólera, de desassossego, de medo, de mágoa.

E na última hora da noite, antes do amanhecer, retornou mais uma vez. Entrou na sala e olhou o jovem que lá permanecia de pé. Ele parecia muito grande, como que estranho.

– Sidarta – disse –, que esperas?

– Vós o sabeis.

– Tencionas, por acaso, conservar-te assim, apenas aguardando que venham a manhã, a tarde, a noite?

– Hei de conservar-me assim, aguardando.

– Ficarás cansado, Sidarta

– Ficarei cansado.

– Adormecerás, Sidarta.

– Não adormecerei.

– Morrerás, Sidarta.

– Morrerei.

– E preferes morrer a obedecer a teu pai?

– Sidarta sempre obedeceu a seu pai.

– Então desistirás do teu propósito?

– Sidarta fará o que lhe ordenar seu pai.

O primeiro clarão da madrugada invadia a sala. O brâmane notou que os joelhos de Sidarta tremiam levemente. Mas em seu rosto não se deparava nenhum tremor. Os olhos fitavam um ponto muito distante. Foi quando o pai se deu conta de que Sidarta já não se encontrava junto dele, em casa, pois ele já o havia deixado.

O pai colocou a mão no ombro do filho.

– Hás de embrenhar-te no mato – disse – para que possas ser um *samana*. Se encontrares a felicidade no mato, volta e ensina-ma. Se encontrares desilusões, procura-me novamente e juntos nos sacrificaremos aos deuses. Agora vai-te. Abraça tua mãe e dize-lhe aonde te encaminhas. Para mim, está na hora de ir ao rio a fim de fazer a primeira ablução.

Tirou a mão do ombro do filho e saiu. Sidarta cambaleou, quando tentava pôr-se em movimento. Mesmo assim, dominou os membros. Depois de inclinar-se diante do pai, foi ter com a mãe, para cumprir com a ordem paterna.

Quando abandonava a cidade ainda silenciosa, à luz da incipiente madrugada, caminhando devagar, com as pernas enrijecidas, avistou nas proximidades da última cabana um vulto que ali estava acocorado. Era Govinda. Ergueu-se e foi com Sidarta, o peregrino.

– Vieste mesmo – disse Sidarta, sorrindo.

– Vim – confirmou Govinda.

2
Com os samanas

À noite do mesmo dia eles alcançaram os ascetas, aqueles mesmos esqueléticos *samanas*, e pediram-lhes licença para acompanhá-los. Prometeram obedecê-los e foram aceitos.

Sidarta deu suas roupas a um brâmane indigente que se encontrava à beira da estrada. Ficou apenas com a tanga e a manta parda. Daí em diante, limitava-se a fazer uma única refeição por dia e deixava de comer alimentos cozidos. Jejuou por 15 dias; por 28 dias. A carne sumia-lhe das pernas e das faces. Fervorosos devaneios bruxuleavam em seus olhos encovados. Nos dedos ressequidos cresciam unhas compridas. Do queixo pendia a barba seca, hirsuta. Seu olhar tornava-se glacial, sempre que se deparava com mulheres. Desdenhosamente, crispava-se-lhe a boca cada vez que, ao atravessar uma cidade, topasse com pessoas bem-vestidas. Via muito bem como os mercadores faziam negócios, como os potentados iam à caça, os enlutados choravam seus mortos, as meretrizes se ofereciam, os médicos cuidavam de seus pacientes, os sacerdotes fixavam o dia apropriado para a semeadura, os namorados enlaçavam-se, as mães amamentavam os filhos... Mas nada disso era digno de ser olhado. Tudo era mentira; tudo fedor; tudo recendia a falsidade, tudo criava a ilusão de significado, de felicidade, de beleza e, todavia, não passava de putrefação oculta. Amargo era o sabor do mundo. A vida era um tormento.

Um único objetivo surgia diante de Sidarta; o objetivo de tornar-se vazio, vazio de sede, vazio de desejos, vazio de sonhos, vazio de alegria e de pesar. Exterminar-se distanciando-se de si mesmo; cessar de ser um *eu*; encontrar sossego após ter evacuado o coração; abrir-se ao milagre, com o pensamento desindividualizado – eis o que era seu propósito. Quando todo e qualquer *eu* estivesse dominado e morto, quando, dentro do coração, se calassem todos os anseios e instintos, inevitavelmente despertaria no seu ser a quinta-essência, o último elemento, aquilo que já não fosse o *eu*, o grande mistério.

Em completo silêncio, Sidarta mantinha-se de pé, abrasado pelo sol do meio-dia, torturado pela dor, consumido pela sede. Mantinha-se de pé, até já não sentir nem dor nem sede. Em completo silêncio, mantinha-se de pé na época das chuvas, com a água a gotejar-lhe dos cabelos, por sobre as espáduas gélidas, os quadris e as coxas enregelados. De pé, continuava o penitente, até que os ombros e as pernas deixassem de sentir frio, até que se calassem, sossegados. Em completo silêncio, quedava-se acocorado nas brenhas do espinhal. Da pele ardente pingava o sangue; das chagas, o pus. Hirto, imóvel, Sidarta permanecia, até que o sangue cessasse de correr e nada mais picasse ou ardesse.

Sidarta conservava-se sentado, em posição ereta. Aprendia a economizar o fôlego, a necessitar cada vez de menos fôlego, a abster-se totalmente dele. Aprendia, partindo da respiração, a acalmar as pulsações do coração, a diminuí-las até sobrarem somente poucas, quase nenhuma.

Orientado pelo mais idoso dos *samanas*, Sidarta exercitava-se na desindividualização e na meditação, segundo as novas regras da irmandade. Uma garça voava por cima do bambual e Sidarta acolhia-se em sua alma. Adejava por sobre as selvas e as serras, devorava peixes, sofria fome de garça, proferia grasnidos de garça, morria a morte das garças. O cadáver de um chacal jazia na areia da ribeira e a alma de Sidarta infiltrou-se nele, fez-se chacal morto, jazeu na ribeira, intumescida, fedorenta, putrefata. Dilaceravam-na as hienas, escorchavam-na os abutres. E ela transformou-se em pó que se esvoaçou pelos campos. Em seguida, a alma de Sidarta regressava. Morrera, decompusera-se, transformara-se em pó, experimentara a triste embriaguez do circuito e Sidarta, acossado de nova sede, tornava a espreitar, qual caçador, uma lacuna que lhe permitisse esquivar-se do circuito para descobrir o lugar onde se encontrasse o fim das causas e começasse a eternidade isenta de pesares. Mortificava os sentidos; aniquilava as recordações; distanciando-se de seu *eu*, introduzia-se em milhares de formas estranhas; convertia-se em bichos, carniças, pedras, tocos, águas e, ao acordar, sempre se reencontrava. Que brilhasse o sol ou a lua, Sidarta tornava a seu *eu*, a girar no ciclo de vida, a padecer de sede, a dominar a sede, a sentir nova sede.

Os *samanas* ensinavam muita coisa a Sidarta e ele aprendia numerosos métodos de se separar do *eu*. Trilhava a senda da desindividualização por meio da dor, do tormento voluntário e do triunfo sobre o sofrimento, sobre a fome, a sede, o cansaço. Desindividualizava-se por intermédio da meditação, tirando de seu espírito toda e qualquer imagem até deixá-lo vazio. Aprendia a percorrer esse e outros caminhos, saindo inúmeras vezes do próprio *eu* e conservando-se no *não eu*, horas e dias a fio. Mas embora os caminhos o afastassem do *eu*, ao fim sempre o reconduziam até ele. Ainda que Sidarta, milhares de vezes, escapasse a si mesmo para demorar-se no nada, nos animais, nas pedras, era inevitável o retorno, era impossível evitar a hora do reencontro, à luz do sol ou ao luar, na penumbra ou sob a chuva; sempre vinha a hora em que ele era novamente Sidarta e o *eu* e sentia mais uma vez a tortura do ciclo de vida imposto a ele.

A seu lado vivia Govinda, sua sombra. Trilhava as mesmas sendas. Afadigava-se da mesma forma. Só raras vezes eles falavam sobre outros assuntos que não aqueles que o serviço e os exercícios requeriam. De quando em quando, ambos passavam pelas aldeias a mendigar alimentos para si e para seus mestres.

– Que tal, Govinda? – disse Sidarta durante uma dessas jornadas. – Achas que fizemos progressos? Realizamos algum propósito?

– Aprendemos e continuamos a aprender – respondeu Govinda. – Tu, Sidarta, chegarás a ser um grande *samana*. Em pouco tempo conseguiste executar todos os exercícios. Frequentemente os velhos *samanas* tributam-te admiração. Um dia serás um santo, ó Sidarta.

Replicou Sidarta:

– A mim, meu amigo, as coisas não se apresentam assim. Olha, Govinda, aquelas lições que até o dia de hoje aprendi dos *samanas*, eu poderia tê-las assimilado mais depressa e com menos esforço. Aquilo, meu caro, posso aprender em qualquer tasca do bairro de meretrizes, entre carroceiros e jogadores de dados.

– Sidarta está brincando comigo – tornou Govinda. – Como poderias obter daqueles miseráveis a arte da meditação, a suspensão do fôlego, a insensibilidade à fome e à dor?

Mas Sidarta disse em voz baixa, como se falasse de si para si:

– O que é a meditação? O que é o abandono do corpo? Que significa o jejum? E a suspensão do fôlego? São modos de fugirmos de nós mesmos. São momentos durante os quais o homem escapa à tortura de seu *eu*. Fazem-nos esquecer, passageiramente, o sofrimento e a insensatez da vida. A mesma fuga, o mesmíssimo esquecimento, o boiadeiro encontra-os na estalagem, quando bebe algumas tigelas de vinho de arroz ou de leite de coco fermentado. Então cessa de sentir seu *eu*, cessa de padecer de dores, anestesia-se por algum tempo. Ao adormecer, junto à tigela de vinho de arroz, consegue o mesmo efeito que provocam Sidarta e Govinda cada vez que, depois de prolongados exercícios, se distanciam de seus corpos, a fim de entrarem no *não eu*. Realmente, é assim, Govinda!

– Ainda que fales assim, meu amigo – retrucou Govinda –, sabes muito bem que Sidarta não é nenhum boiadeiro e que os *samanas* não são ébrios. É verdade que um beberrão obtém o esquecimento. Certamente se lhe oferecem breves instantes de fuga e de sossego, mas sempre regressará do mundo da ilusão e encontrará tudo como antes. Ele não se torna mais sisudo, não colhe conhecimentos, não sobe nenhum degrau.

– Isso não sei julgar. – Sidarta replicou, sorrindo. – Nunca fui beberrão. Mas uma coisa sei, ó Govinda: em meus exercícios e em minhas meditações, eu, Sidarta, encontro apenas fugidias fases de esquecimento. E que, apesar disso, continuo tão distante da sabedoria, da salvação, quanto fica um feto no ventre da mãe, disso tenho plena certeza.

Em outra ocasião, quando Sidarta, acompanhado de Govinda, saía do mato, a fim de mendigarem na aldeia comida para si e para os mestres, começou a falar novamente:

– Que achas, Govinda? Estamos no caminho certo? Pensas que nos aproximamos do conhecimento? Chegamos mais perto da graça? Ou, quem sabe, movimentamo-nos em círculos, justamente nós que queríamos escapar ao ciclo?

– Olha, Sidarta, aprendemos muito, mas muita coisa ainda resta-nos aprender – respondeu Govinda. – Não nos movimentamos em círculos; senão, subimos sempre. O caminho é uma espiral. Já galgamos numerosos degraus.

Tornou Sidarta:

– Quantos anos pensas que tem nosso venerando mestre, o mais idoso dos *samanas*?

– O mais velho deve contar uns 60 anos – respondeu Govinda.

– Sessenta anos – retorquiu Sidarta – e não alcançou o *Nirvana*.* Ele completará 70 e 80 anos, e tu e eu talvez che-

**Nirvana*: extinção da individualidade, emancipação final. (*N. do T.*)

guemos à mesma idade. Faremos exercícios, jejuaremos e meditaremos. Mas nunca alcançaremos o *Nirvana*, nem ele, nem nós. Acharemos consolo, encontraremos esquecimento, aprenderemos técnicas mediante as quais nos possamos iludir. O essencial, porém, o caminho dos caminhos, jamais se nos descortina.

– Ó Sidarta – exclamou Govinda –, não pronuncies essas palavras assustadoras! Como então seria possível que entre tantos homens sábios, entre tantos brâmanes, entre tantos *samanas* austeros e veneráveis, entre tantos e tantos pesquisadores esforçados e puros, não houvesse nenhum que fosse capaz de encontrar o caminho dos caminhos?

Mas Sidarta respondeu numa voz que refletia, ao mesmo tempo, pesar e escárnio, voz baixa, um pouco triste e, todavia, irônica:

– Em breve, ó Govinda, teu amigo há de afastar-se da senda dos *samanas*, pela qual andou, lado a lado contigo, durante muito tempo. Sinto sede, Govinda, e no curso da longa caminhada que fiz junto com os *samanas* minha sede não diminuiu em absoluto. Sempre almejei o conhecimento; sempre abriguei em mim grande número de perguntas. Consultei os brâmanes, ano após ano, e consultei os sagrados Vedas, ano após ano, e consultei os piedosos *samanas*, ano após ano. Talvez, ó Govinda, fosse igualmente oportuno, sensato e proveitoso interrogar uma ave ou um chimpanzé. Gastei muito tempo e ainda não cheguei ao fim, para apenas aprender isto: que não se pode aprender nada! Acho eu que a tal coisa que chamamos "aprender" de fato não existe. Existe, sim, meu amigo, uma única sabedoria, que se acha em toda a parte. É o *Átman*, que está em mim e em ti e em qualquer criatura. E por isso começo a crer que o pior inimigo dessa sabedoria é a sede de saber, é a aprendizagem.

Nesse momento, Govinda estacou no meio do caminho. Levantando as mãos ao céu, implorou:

– Ó Sidarta, não desencorajes teu amigo falando assim! Realmente, tuas palavras despertam em meu coração gravíssimos temores. Imagina apenas: onde ficaria a santidade das orações, o que seria feito da respeitabilidade da classe dos brâmanes e da virtude dos *samanas* se aquilo fosse verdade e não pudéssemos aprender nada? Dize-me, ó Sidarta: qual seria então o destino de todas as coisas sagradas, valiosas, dignas de reverência que existem nesta terra?

E num murmúrio, Govinda recitou um verseto de um Upanixade:

"Quem, ao meditar, com o espírito purificado, se confundir com o *Átman* propiciará a seu coração indizível bem-aventurança."

Sidarta, porém, permaneceu calado. Refletiu acerca das palavras pronunciadas por Govinda e, em pensamento, acompanhou-as até seu derradeiro significado.

"Sim", pensou, enquanto se detinha também cabisbaixo, "que nos restaria de tudo que nos afigura sagrado? O que ficará? O que resistirá à prova?"

E sacudiu a cabeça.

Certa vez, quando os dois jovens já haviam passado três anos em companhia dos *samanas*, sempre participando dos exercícios recomendados por estes, alcançou-os por estranhos caminhos e desvios uma nova, um boato, um mito, a afirmar o surgimento de uma pessoa de nome Gotama, o Sublime, o Buda, aquele que dominara em si mesmo o sofrimento do mundo e fizera parar a roda das ressurreições. Dizia-se que ele percorria o país a ensinar, rodeado de discípulos, desprovido de recursos, sem pátria, sem mulher, trajando o manto amarelo dos ascetas, mas mostrando uma fisionomia plácida, como um bem-aventurado. Brâmanes e príncipes, inclinavam-se diante dele e tornavam-se seus discípulos.

Esse mito, ou boato, ou lenda ecoava em toda parte, exalando aqui e ali seu insinuante aroma. Nas cidades, os brâmanes comentavam-no; e na selva, os *samanas*. Sempre e sempre, o nome de Gotama, o Buda, chegava aos ouvidos dos jovens, por bem ou por mal, louvado ou aviltado.

Dava-se então o que ocorreria quando, num país atacado pela peste, se espalhasse a notícia de que, em algum lugar, existia um homem, um sábio, um perito, cuja palavra e cujo sopro bastassem para curar todas as pessoas acometidas pelo mal. Se tal nova se propagasse pela região e todos falassem dela, sempre haveria quem acreditasse e quem manifestasse dúvidas. Muitos, porém, pôr-se-iam a caminho, a fim de ir ao encontro do sábio, do salvador. Da mesma forma, corria de boca em boca aquela lenda; a atraente lenda de Gotama, o Buda, o sábio da estirpe dos Saquias. Coubera a ele – segundo afirmavam os crentes – o dom do conhecimento supremo e de recordar-se das suas existências anteriores. Tendo alcançado o *Nirvana*, nunca mais voltaria ao ciclo; jamais tornaria a mergulhar na turva torrente das formas físicas. A seu respeito, divulgavam-se dezenas de fatos maravilhosos, formidáveis. O Buda fizera milagres, vencera o Diabo, conversara com os deuses. Seus céticos inimigos, porém, diziam que o tal Gotama era apenas um sedutor vaidoso que passava os dias numa vida ociosa, desprezando os sacrifícios, e que era inculto e não tinha noção de exercícios e de autopunição.

Doce era o som da lenda do Buda; mágica, a fragrância dos boatos. Ora, o mundo estava doente. Tornara-se difícil suportar a vida... E, todavia, imaginem!, lá manava uma fonte de consolo. Era como se ressoasse o brado de um arauto, chamado reconfortante, clemente, prenhe de generosas promessas. Onde quer que se divulgasse a fama do Buda, em todos os recantos das terras da Índia, os jovens aguçavam o ouvido, cheios de saudade e de confiança. Entre os filhos de brâmanes, nas cidades e nas aldeias, era bem-vindo qualquer peregrino ou forasteiro que lhes trouxesse notícias de Gotama, o Sublime, o Saquia-Muni.

A nova, penetrando na própria selva, alcançou também os *samanas*. Sidarta e Govinda ouviram-na, aos poucos, em gotas, gotas pejadas de esperanças e de dúvidas. Só raras vezes falavam a seu respeito, já que o decano dos *samanas* não gostava da lenda, porque fora informado de que o pretenso Buda outrora vivera no mato, como ermitão, porém retornara à boa vida e aos prazeres mundanos. Por essa razão, o velho *samana* formara uma opinião desfavorável àquele Gotama.

– Ó Sidarta – disse Govinda certa vez ao amigo –, hoje estive na aldeia e um brâmane convidou-me para entrar em sua casa. Ali se encontrava o filho de um brâmane de Magada, o qual viu o Buda com os próprios olhos e assistiu a suas aulas. Realmente, nesse momento, a respiração me doeu no peito. Fiquei pensando: quem me dera que eu, que Sidarta e eu pudéssemos viver até aquela hora em que nos fosse permitido ouvir da boca desse Ser Perfeito sua doutrina! Que achas, meu amigo? Que tal se nós também nos puséssemos a caminho desse lugar a fim de recebermos os ensinamentos do Buda em pessoa?

Respondeu Sidarta:

– Eu sempre pensei, ó Govinda, que tu nunca te afastarias dos *samanas*. Sempre acreditei que fosses o propósito de Govinda chegar aos 60 e aos 70 anos, praticando sem cessar os métodos e os exercícios que fazem honra ao *samana*. Mas, vejam só!, eu não conhecia Govinda. Pouca coisa sabia de teu coração. Pois então, meu caro, tens realmente a intenção de trilhar uma senda nova e de encaminhar-te ao lugar onde o Buda proclama sua doutrina?

– Estás zombando de mim – replicou Govinda. – Não faz mal, Sidarta. Mas olha: não despertaram também em ti a vontade e o desejo de conhecer essa doutrina? E não me disseste certa vez que não acompanharias por mais tempo os caminhos dos *samanas*?

Nesse momento riu-se Sidarta, à sua maneira e, quando falou em seguida, havia no som de sua voz um quê de mágoa e uma pitada de ironia:

– Muito bem, Govinda – disse. – Falaste bem, Govinda, e certas são tuas recordações. Oxalá te lembres também de outra frase que me ouviste proferir; a saber, que me tornei desconfiado com relação a ensinamentos e aprendizagens, que me cansei deles e que minha fé em palavras pronunciadas por mestres diminuiu muito. Mas apesar disso, meu querido, vamo-nos! Estou disposto a enfronhar-me naquela doutrina, ainda que, no fundo do coração, esteja convencido de que já saboreamos seus melhores frutos.

– Minha alma alegra-se em face de teu intuito – retorquiu Govinda. Explica-me, porém, uma coisa: acho impossível aquilo que afirmaste. Como poderia a doutrina do Buda nos proporcionar seus melhores frutos antes que a conhecêssemos?

– Gozemos desses frutos e aguardemos o resto – disse Sidarta. – O primeiro fruto cujo sumo devemos ao Buda consiste no fato de ele ter-nos aliciado para longe dos *samanas*. Resta saber se ele tem ainda outras coisas, coisas melhores, a oferecer-nos, mas isso, meu amigo, podemos aguardar com toda a calma.

Nesse mesmo dia, Sidarta comunicou ao decano dos *samanas* a decisão que tomara, no sentido de separar-se dele. Falou ao ancião com a cortesia e a modéstia que convêm aos jovens e aos discípulos. Mas o *samana* enfureceu-se ao saber que os dois rapazes desejavam abandoná-lo. Começou a gritar, usando nomes feios.

Govinda, assustado, ficou perplexo. Sidarta, porém, aproximou a boca da orelha do amigo e sussurrou-lhe:

– Agora mostrarei ao velho que aprendi dele algumas coisinhas.

Colocando-se perto do *samana*, com a alma concentrada, apanhou em seus olhos o olhar do ancião. Dominou-o, fez com que ele se calasse e perdesse a vontade própria. A seguir, ordenou-lhe que, sem protesto, executasse o que lhe fosse imposto. O velho silenciou. Os olhos imobilizaram-se. Sua vontade tornou-se inerte. Os braços pendiam frouxos. Impotente, sucumbia ao feitiço de Sidarta. E os pensamentos do jovem apoderavam-se do *samana*, que teve de fazer o que dele exigia. Curvando-se várias vezes, o decano esboçou gestos de bênção e, com a voz embargada, proferiu votos de boa viagem. Os dois amigos, por sua vez, retribuíram as mesuras, agradecendo, e afastaram-se com uma saudação.

– Ó Sidarta – disse Govinda durante a caminhada –, aprendeste com os *samanas* mais do que eu sabia. É difícil, muito difícil mesmo, enfeitiçar um *samana* idoso. Falando sério, se tivéssemos permanecido ali, rapidamente terias aprendido a caminhar sobre as águas.

– Ora, não me seduz caminhar sobre as águas – respondeu Sidarta. – Que os velhos *samanas* se divirtam com truques dessa espécie!

3
Gotama

Na cidade de Savati, até as crianças conheciam o nome do augusto Buda e todas as famílias apressavam-se em encher as tigelas de esmola dos discípulos de Gotama, cada vez que estes as imploravam, sem pronunciar palavra alguma. Nas proximidades da cidade estava o sítio preferido do Buda: o bosque de Jetavana, que Anatapindica, abastado admirador do Majestoso, dera de presente a ele e a seus adeptos.

Sem exceção, as descrições e as respostas que os dois jovens ascetas haviam obtido, enquanto andavam em busca de Gotama, tinham-lhes indicado essa mesma região. Logo que chegaram à primeira casa de Savati e pararam diante da porta em posição súplice, alguém lhes ofereceu comida. Aceitaram os alimentos e Sidarta perguntou à mulher que os atendia:

– Ó bondosa moça, nós ansiamos saber onde se encontra o venerabilíssimo Buda. Somos *samanas* e saímos da selva a fim de vermos o Inigualável e ouvirmos de sua boca a doutrina.

– Deveras, ó *samanas* da selva – tornou a mulher –, repousais no lugar certo. Pois o Augusto reside em Jetavana, no jardim de Anatapindica. Convém, ó peregrinos, passardes a noite ali, uma vez que naquele recinto não falta espaço para o sem-número de pessoas que afluem para ouvir de sua boca a doutrina.

– Até que enfim! – exclamou jubilosamente Govinda. – Chegamos a nosso destino. Terminou a viagem. Mas dize-nos, ó mãe dos peregrinos: conheces o Buda? Já o viste com os próprios olhos?

– Muitas vezes vi o Augusto – respondeu a mulher. Em numerosas ocasiões observei-o quando passava pelas ruas, sem falar, com seu manto amarelo, ou apresentava, silenciosamente, a tigela de esmola às portas das casas, ou ainda quando se afastava com a tigela cheia.

Encantado, Govinda escutou-a. Já se dispunha a fazer outras perguntas, para ouvir mais. Sidarta, porém, insistiu para que prosseguissem na caminhada. Agradeceram e partiram. Não havia necessidade de pedir informações quanto à direção, porquanto não era pequeno o número de peregrinos e de monges do séquito de Gotama que se encaminhavam a Jetavana. E à noite, quando alcançaram o lugar, não cessou nunca o movimento de chegadas, gritos e vozerios de pessoas que procuravam e achavam pouso. Os dois *samanas*, habituados à vida na selva, encontraram facilmente um abrigo no qual pudessem descansar até a madrugada.

Ao nascer do sol, notaram, com espanto, a multidão de fiéis e curiosos que pernoitara a seu redor. Por todas as veredas do bosque sagrado perambulavam monges de trajes amarelos que estavam sentados sob as árvores, absorvidos na meditação e aqui e ali travavam diálogos sobre assuntos religiosos. Os hortos obumbrados pareciam uma cidade cheia de habitantes que ali fervilhavam, qual enxame de abelhas. A maioria dos monges punha-se a caminho com as tigelas de esmolas, a fim de obter, na cidade, comida para a refeição do meio-dia, a única que costumavam fazer. Também o próprio Buda, o Iluminado, tinha o hábito de esmolar na parte da manhã.

Sidarta deparou com ele e imediatamente o reconheceu, como se um deus lhe tivesse indicado. Observou como ele andava calmamente, um homem simples, de batina amarela, com a tigela de esmoleiro na mão.

– Olha aí! – segredou Sidarta ao ouvido de Govinda. – Esse é o Buda.

Atentamente, Govinda examinou o monge trajado de amarelo e que em nada parecia distinguir-se de centenas de outros monges. E logo Govinda percebeu também: "É ele!" E seguindo-o, ambos contemplavam o Buda.

Este palmilhava a estrada recatadamente, entregue a seus pensamentos. Seu semblante impassível não mostrava nem alegria nem tristeza. Era como se, no íntimo, sorrisse silenciosamente. Com um sorriso imperceptível, tranquilo, comedido, feito criança sadia, avançava o Buda, vestindo os mesmos trajes e colocando os pés de modo igual ao de todos os seus monges, conforme rigorosos preceitos. Mas o rosto, os passos, o olhar sereno, abaixado, a mão que pendia imóvel e os próprios dedos dessa mão – tudo isso proclamava paz, proclamava perfeição, sem buscar, sem imitar nada; tudo era respiração suave, em imperecível sossego, em imorredoura luz, em invulnerável paz.

Assim caminhava Gotama, rumo à cidade, para pedir esmolas, e os dois *samanas* identificavam-no unicamente pela perfeição da serenidade, pela calma da aparência, que não deixava perceber nem ambição, nem vontade, nem arremedo, nem esforço, senão apenas luz e paz.

– Hoje havemos de ouvir a doutrina da própria boca do Buda – disse Govinda.

SIDARTA PERMANECEU CALADO. Sentia pouca curiosidade pela doutrina. Não acreditava que ela pudesse ensinar-lhe algo de novo, uma vez que tanto ele como Govinda haviam obtido frequentes informações acerca do teor dos ensinamentos de Gotama, ainda que se tratassem de relatos de segunda ou terceira mão. Contudo fitava atentamente a cabeça do Buda, os ombros, os pés, a mão que pendia serenamente. Parecia-lhe que as falanges de cada dedo dessa mão eram doutrina, falavam, respiravam, exalavam aroma, derramavam o brilho da verdade. Esse homem, esse Buda, era sincero até no gesto do último dos dedos.

Era santo. Jamais Sidarta venerara tão fervorosamente nenhum ser humano. Jamais tributara tamanho amor a homem algum.

Ambos seguiram o Sublime até a cidade. Voltaram em silêncio, porquanto tencionavam abster-se de alimentos durante esse dia. Viram como Gotama regressava. Observaram como fazia sua refeição, rodeado pelos discípulos. O que comia não teria bastado sequer a um passarinho. E eles acompanharam-no com os olhos, quando se recolhia à sombra do mangueiral.

À tardinha, porém, logo que o calor amainara e os habitantes do acampamento se reuniram, reanimados, escutaram ambos os ensinamentos do Buda. Ouviram a voz dele e também esta era perfeita, manifestava tranquilidade total, irradiava paz. Gotama ministrava a doutrina do sofrimento, da origem do sofrimento, do caminho à abolição do sofrimento. A vida era sofrimento, o mundo estava cheio de mágoas, mas encontrara-se a salvação capaz de livrar-nos das tristezas: achá-la-ia quem acompanhasse o caminho do Buda. Com voz suave e, todavia, firme, falava o Augusto. Ensinava os quatro axiomas fundamentais, ensinava a óctupla estrada. Pacientemente, percorria a vereda habitual da doutrina, dos paradigmas, das repetições. Clara e branda, a voz pairava por cima dos ouvintes, como uma luz, como um firmamento estrelado.

Já anoitecera quando o Buda cessou de falar. Em seguida, alguns peregrinos aproximaram-se dele e lhe pediram que os acolhesse em sua comunidade, para que a doutrina os abrigasse. E Gotama admitiu-os, dizendo:

– Bem ouvistes a doutrina. Bem foi ela explicada. Vinde, então, para viverdes em santidade e acabardes com todo o sofrimento.

Eis que Govinda, por tímido que fosse, igualmente avançou, anunciando:

– Também eu procuro agasalho na proximidade do Augusto e de sua doutrina. – Solicitou sua admissão ao círculo dos discípulos e foi aceito.

Logo depois, o Buda recolheu-se ao repouso noturno. Nesse instante, Govinda dirigiu-se a Sidarta, falando com ardor:

– Olha, Sidarta, não me cabe censurar-te. Mas tu e eu escutamos a voz do Augusto. Ambos assistimos à exposição da doutrina. Govinda assimilou-a e procurou agasalho nela. E tu, meu prezado amigo, não queres trilhar também a senda da salvação? Por que hesitas? Que aguardas ainda?

Era como se Sidarta despertasse de um sono profundo, ao ouvir as palavras de Govinda. Por muito tempo olhou o rosto do companheiro. A seguir, disse em voz baixa, sem nenhuma ironia:

– Govinda, meu caro, acabas de dar o passo e de escolher o caminho. Sempre foste meu amigo, ó Govinda, sempre andaste um passo atrás de mim. Frequentemente pensei: "Será que Govinda nunca dará um passo sozinho, sem mim, pela iniciativa da própria alma?" Pois é, e agora te tornaste homem e tu mesmo determinaste teu destino. Oxalá consigas chegar ao fim de tua jornada, meu querido! Que encontres a salvação!

Govinda, que por enquanto não compreendia inteiramente o significado dessas palavras, repetiu sua pergunta com certa impaciência:

– Decides-te, finalmente, meu caro, fazes-me o favor! Dizes-me uma vez que não pode haver outra solução, que também tu, meu sábio amigo, desejas procurar agasalho na proximidade do sublime Buda!

Deitando a mão no ombro de Govinda, respondeu Sidarta:

– Ó Govinda, não percebeste a bênção que pronunciei. Repito-a: Oxalá possas chegar ao fim de tua jornada! Que encontres a salvação!

Nesse momento, Govinda deu-se conta de que o companheiro o abandonava. Rebentou em pranto.

– Sidarta! – exclamou em voz lamentosa.

Mas este prosseguiu jovialmente:

– Não esqueças, Govinda, que daqui por diante fazes parte dos *samanas* do Buda. Renunciaste à pátria e aos pais;

renunciaste à estirpe e às posses; renunciaste à própria vontade; renunciaste à amizade. Assim o requer a doutrina. Assim o deseja o Augusto. Tu mesmo o quiseste assim. Amanhã, ó Govinda, hei de separar-me de ti.

Por muitas horas, ainda, os amigos passearam pelo bosque. Por muitas horas, permaneceram deitados, sem conciliarem o sono. De vez em quando, Govinda insistiu com o companheiro para que este lhe dissesse por que se recusava a acolher a doutrina de Gotama e que defeitos encontrava nela. Mas Sidarta sempre se negava às súplicas do amigo, dizendo:

– Sossega, Govinda! A doutrina do Augusto é excelente. Como poderia eu encontrar nela um defeito?

Ao primeiro clarão da madrugada, um dos mais velhos entre os monges adeptos do Buda atravessou o jardim, a fim de convocar todos aqueles que desejassem procurar agasalho na doutrina. Queria vestir os neófitos com os trajes amarelos e ensinar-lhes os conhecimentos básicos, bem como as obrigações das pessoas do primeiro grau. Eis senão quando Govinda, como que desarraigado, abraçou mais uma vez o companheiro. Em seguida, entrou no séquito dos noviços.

Sidarta, porém, vagueou pelo bosque, entregue a seus pensamentos.

Foi nesse momento que Gotama, o Augusto, cruzou-lhe o caminho. O jovem saudou-o reverentemente e, quando notou o olhar bondoso, sereno, do Buda, encheu-se de coragem. Pediu ao Venerável que lhe desse licença para falar. Com um aceno silencioso, o Augusto anuiu.

E Sidarta começou:

– Ontem, ó Majestoso, coube-me em sorte ouvir tua maravilhosa doutrina. Junto com meu amigo, vim de longe a fim de conhecê-la. E agora meu amigo aderiu a teus discípulos, abrigando-se na tua proximidade. Eu, porém, hei de reiniciar minha peregrinação.

– À vontade – tornou o Venerável, cortesmente.

– Minhas palavras são excessivamente audaciosas – continuou Sidarta –, mas não quero separar-me do Augusto sem ter-lhe comunicado, com toda a franqueza, meus pensamentos. Consentiria o Venerável em prestar-me atenção por mais um instante?

Silencioso, o Buda deu anuência.

– Há uma coisa, ó Venerabilíssimo – prosseguiu Sidarta –, que despertou em mim especial admiração, logo que conheci tua doutrina. Nela, tudo fica completamente claro. Tudo é demonstrado. Tu mostras o mundo sob a forma de uma corrente perfeita, jamais e nenhures interrompida, corrente eterna, constituída de causas e efeitos. Nunca, em parte alguma, isso se percebeu com tamanha nitidez, tampouco foi exposto tão irrefutavelmente. De fato, os corações de todos os brâmanes deverão vibrar de alegria quando seus olhos enxergarem o cosmo por meio de tua doutrina, esse cosmo que forma um conjunto inteiriço, sem lacunas, límpido como cristal, independente do acaso e dos deuses. Se o mundo é bom ou mau, se a vida em seus confins é sofrimento ou prazer, essa pergunta pode permanecer sem resposta. Pode ser que isso tenha pouca importância. Mas a unidade do mundo, o nexo existente entre todos os acontecimentos, o fato de todas as coisas, tanto as grandes como as pequenas, estarem incluídas no mesmo decorrer, na mesma lei das causas, do devir e do morrer... tudo isso, ó Augusto, ressalta luminosamente em tua excelsa doutrina. Mas nessa mesma doutrina há um único lugar em que tal unidade e lógica das coisas estejam interrompidas. Por uma minúscula lacuna penetra na unidade desse mundo um elemento estranho, novo, que antes não existiu, que não pôde ser mostrado nem comprovado. Refiro-me à tua tese acerca da possibilidade de superarmos o mundo e alcançarmos a redenção. Ora, essa pequeníssima lacuna, essa brechinha, basta para destruir e liquidar toda a unidade e eternidade da lei cósmica. Perdoa-me a audácia de ter feito essa objeção.

Silencioso e impassível, escutara Gotama. A seguir o Homem Perfeito falou, na sua voz delicada e clara:

– Ouviste a doutrina, ó filho de brâmane, e sinto-me honrado por teres meditado profundamente a seu respeito. Encontraste nela uma lacuna, uma falha. Continua a refletir sobre ela. Permite-me, porém, ó jovem ávido de saber, que te advirta do emaranhamento das opiniões e da disputa acerca das palavras. Pouco valor têm as opiniões, sejam elas lindas ou feias, sensatas ou estúpidas. Qualquer um pode agarrar-se a elas ou também refutá-las. Mas a doutrina que ouviste da minha boca não é nenhuma opinião e não tem o propósito de explicar o mundo a pessoas ávidas de saber. Seu desígnio é a redenção do sofrimento. O que Gotama ensina é ela e nada mais.

– Não tenhas rancor contra mim, ó Augusto – disse o jovem. – Não me dirigi a ti para discutir contigo, para provocar uma disputa em torno de palavras. Deveras tens razão: pouco valor têm as opiniões. Mas, com tua licença, direi algo mais: não duvidei de ti nenhum instante. Não duvidei em absoluto de que és o Buda, de que alcançaste o objetivo supremo a cuja busca se encaminharam tantos milhares de brâmanes e filhos de brâmanes. Obtiveste a redenção da morte! Ela te coube em virtude do próprio empenho, pelo método que é teu, pelo pensamento, pela meditação, pelo conhecimento, pela iluminação. Não a conseguiste através da doutrina! E... eis meu raciocínio, ó Augusto... ninguém chega à redenção mediante a doutrina! A pessoa alguma, ó Venerável, poderás comunicar e revelar por meio de palavras ou ensinamentos o que se deu contigo na hora de tua iluminação! Ela ensina e abarca muito, a doutrina do esclarecido Buda. A numerosas pessoas indica o caminho para uma vida honesta, afastada do mal. Mas há uma única coisa que não se acha nessa doutrina, por mais clara e veneranda que ela seja. Não nos ensina o segredo daquela experiência que teve o próprio Augusto, só ele entre centenas de milhares de homens. São esses os pensamentos e as percepções que me vieram quando ouvi a doutrina. Por isso, hei de prosseguir na minha peregrinação, não para ir à procura de outra doutrina melhor, pois sei muito bem que não há nenhuma; senão para separar-me de quaisquer doutrinas e mestres, a fim de que possa alcançar sozinho meu destino ou então morrer. Contudo me lembrarei frequentemente deste dia, ó Sublime, e desta hora, na qual um santo se deparou com meus olhos.

Buda fitava o chão. Placidamente, com perfeita impassibilidade, luzia o rosto inescrutável.

– Oxalá – disse lentamente o Venerável – que teus pensamentos não sejam erros! Que seja permitido alcançar teu destino! Mas dize-me: Viste a multidão de meus *samanas*, o sem-número de meus irmãos que se agasalhou em minha doutrina? E achas, ó *samana* forasteiro, achas realmente que seria melhor para todos eles que abandonassem a doutrina e regressassem à vida do mundo e dos prazeres?

– Longe de mim pensar semelhante coisa! – exclamou Sidarta. – Que eles continuem fiéis à tua doutrina e realizem seus propósitos! Não me cumpre julgar a vida de outrem. Devo opinar, escolher, rejeitar unicamente o que se refere a mim mesmo. Nós, os *samanas*, procuramos a redenção do *eu*, ó Augusto. Ora, se eu fosse um de teus discípulos, ó Venerável, poderia acontecer-me... assim receio... que meu *eu* só aparentemente, falazmente, obtivesse sossego e redenção, mas na realidade continuasse a viver e a crescer, uma vez que eu teria então tua doutrina, teria o fato de ser teu adepto, teria meu amor a ti, teria a comunidade dos monges e faria de tudo isso o meu *eu*.

Esboçando um meio sorriso, Gotama contemplava o forasteiro com inabalável clareza e bondade. A seguir, despedindo-o com um gesto quase imperceptível, disse o Augusto:

– És inteligente, ó *samana*. Sabes falar inteligentemente, mas, meu amigo, acautela-te contra o excesso de inteligência!

O Buda afastou-se e seu olhar, seu meio sorriso, gravaram-se para sempre na memória de Sidarta.

"Nunca vi homem algum que me olhasse e sorrisse assim, que tivesse esse modo de andar e de sentar-se" – pensou o jovem. "Quem me dera olhar, sorrir, caminhar, manter-me sentado à sua maneira, com esse quê de liberdade, de dignidade, de discrição, de ingenuidade, de franqueza e de mistério! Somente pode olhar e caminhar dessa maneira quem tiver penetrado no âmago de sua personalidade. Pois então, também eu me empenharei em penetrar no âmago de minha alma."

"Vi um homem" – continuou Sidarta em seus pensamentos – "um único homem, diante do qual tivesse de baixar os olhos. Não tenciono baixar os olhos diante de mais ninguém, ninguém! Já não me tentará doutrina alguma, uma vez que a dele não me seduziu."

"O Buda privou-me de muita coisa" – ponderou Sidarta. – "Tirou-me algo e ainda mais me deu de presente. Privou-me do amigo, do homem que acreditava em mim e agora crê nele, da pessoa que era minha sombra e passou a ser a sombra de Gotama. E, no entanto, ele me deu Sidarta, deu-me a mim mesmo."

4
O despertar

Enquanto Sidarta saía do bosque, onde permanecia o Buda, o Perfeito, onde também permanecia Govinda, sentia que deixara para trás, nesse aprazível lugar, toda a sua vida anterior, a qual daí por diante se separaria dele. Essa sensação que tomava conta de seu espírito preocupou-o durante a vagarosa caminhada. Sidarta refletia profundamente. Mergulhava até o fundo dessa emoção, assim como se mergulha na água, para alcançar o ponto onde repousam as causas. Pois lhe parecia que o verdadeiro pensar consistia no reconhecimento das causas e que, desse modo, o sentir se converteria em saber, o qual, em vez de dissipar-se, criaria forma concreta e irradiaria o seu teor.

Enquanto lentamente avançava pelo caminho, Sidarta refletia. Verificou que já não era adolescente, senão homem maduro. Constatou que uma coisa se distanciara dele, assim como a pele gasta se despega da serpente, e que ele cessara de sentir aquele desejo que o acompanhara em toda a sua juventude, fazendo parte de sua personalidade: desejo de ter mestres e de receber ensinamentos. Sidarta acabava de abandonar o último mestre que surgira no curso de sua jornada; abandonara também ele, o mestre supremo, o mais sábio de todos, o Santíssimo, o Buda. Fizera-se necessário distanciar-se dele. Já não fora possível aceitar os preceitos de Gotama.

Caminhando cada vez mais devagar, absorvido pelos pensamentos, Sidarta perguntou-se: "Mas que desejaste aprender de teus mestres e extrair de seus preceitos? Que será aquilo que eles, que tanto te ensinaram, não conseguiram propiciarte?" E ele encontrou a resposta: "Era meu desejo conhecer o sentido e a essência do *eu*, para desprender-me dele e para superá-lo. Porém, não pude superá-lo. Apenas logrei iludi-lo. Consegui, sim, fugir dele e furtar-me às suas vistas. Realmente, nada neste mundo preocupou-me tanto quanto esse *eu*, esse mistério de estar vivo, de ser um indivíduo, de achar-me separado e isolado de todos os demais, de ser Sidarta! E de coisa alguma sei menos do que sei a meu respeito, sobre Sidarta!"

Como que agarrado a esse raciocínio, o jovem interrompeu a lenta caminhada e de um pensamento nasceu outro, diferente: "O fato de eu não saber nada a meu próprio respeito, o fato de Sidarta ter permanecido para mim um ser estranho, desconhecido, tem sua explicação numa única causa: tive medo de mim; fugi de mim mesmo! Procurei o *Átman*, procurei o *Brama*, o *Átman*, a vida, o elemento divino, o Último. Mas enquanto fazia isso, perdi-me."

Abrindo os olhos, Sidarta olhou a seu redor, com o rosto iluminado por um sorriso. Perpassava-lhe pelo corpo, até os dedos dos pés, a profunda sensação de ter acordado de um sonho prolongado. Em seguida, reiniciando sua marcha, estugou o passo como quem sabe o que lhe convém realizar.

"Ah, não!" – pensou, aliviado, respirando a plenos pulmões – "daqui em diante não mais admitirei que Sidarta me escape! Jamais meu pensar e minha vida terão por ponto de partida o *Átman* e o sofrimento do mundo! Cessarei de matar-me e de destruir-me, com o intuito de achar um mistério por trás dos destroços. Não me deixarei orientar nem mesmo pelo *Yoga-Veda*, nem pelo *Atarva-Veda*, nem por ascetas, nem mesmo por doutrina alguma. Aprenderei por mim mesmo; serei meu próprio aluno; procurarei conhecer-me e desvendar o segredo que é Sidarta!"

Olhou o mundo a seu redor como se o enxergasse pela primeira vez. Belo era o mundo! Era variado, era surpreendente e enigmático! Lá, o azul; acolá, o amarelo! O céu a flutuar e o rio a correr, o mato a eriçar-se e a serra também! Tudo lindo, tudo misterioso e mágico! E no centro de tudo isso achava-se ele, Sidarta, a caminho de si próprio. Todas essas coisas, esses azuis, amarelos, rios, matos, penetravam nele pela primeira vez, através de seus olhos. Já não eram feitiço de *Mara.** Deixavam de ser o véu de *Maia.*** Não havia mais aquela multiplicidade absurda, casual, do mundo dos fenômenos, desprezada pelos profundos pensadores brâmanes, que rejeitam a multiplicidade e esforçam-se por achar a unidade. O rio era rio e, posto que, nesse azul e nesse rio abrangidos por Sidarta, existisse, escondida, a ideia da unidade, seria, contudo, peculiar do Divino ser amarelo aí e azul lá, céu ali e mato acolá, e também ser Sidarta, aqui, neste lugar. O sentido e a essência não se encontravam em algum lugar por trás das coisas, mas em seu interior, no íntimo de todas elas.

"Andei deveras surdo e insensível!" – disse para si mesmo, enquanto avançava rapidamente pela estrada. – "Quem se puser a decifrar um manuscrito, cujo significado lhe interessar, tampouco menosprezará os sinais e as letras, qualificando-os de ilusão, de casualidade, de invólucro vil, mas sim os lerá, estudá-los-á, amá-los-á, letra por letra. Eu, porém, que almejava ler o livro do mundo e o livro de minha própria essência, desprezei os sinais e as letras, em prol de um significado que lhes atribuía de antemão. Chamei de ilusão o mundo dos fenômenos. Considerei meus olhos e minha língua apenas aparentes, casuais, desprovidos de valor. Ora, isso passou. Despertei. Despertei de fato. Nasci somente hoje."

**Mara:* literalmente: norte, destruição. Em sentido figurado: o demônio, o tentador. (*N. do T.*)

***Maia:* na terminologia brâmane, é matéria imperecível, preexistente a todas as coisas e da qual se servem os deuses para criar as formas aparentes, irreais, falazes. Assim se torna sinônimo de ilusão, magia, feitiço. (*N. do T.*)

No curso desses pensamentos, Sidarta estacou mais uma vez, de repente, como se uma cobra lhe cruzasse o caminho.

Pois, subitamente, outra coisa ainda se decantava em seu espírito: ele, que realmente se parecia com uma pessoa que acabava de acordar ou de renascer, deveria iniciar nesse instante uma vida totalmente nova. Ao abandonar, na manhã desse mesmo dia, o bosque de Jetavana, o jardim daquele ser sublime, já estivera a ponto de despertar, de encontrar o caminho que o levasse ao próprio *eu*. Fora então sua intenção e lhe afigurara perfeitamente natural regressar ao torrão natal, para junto do pai, depois de tantos anos de ascetismo. A essa altura, porém, nesse momento em que se detinha, como se se deparasse com uma serpente, impôs-se-lhe a percepção: "Já não sou aquele que tenho sido. Cessei de ser sacerdote, de ser brâmane. Que farei então lá em casa, ao lado de meu pai? Estudar? Sacrificar? Entregar-me à meditação? Tudo isso pertence ao passado, deixou de ladear meu caminho."

Sidarta parou. Quedou-se imóvel. Notando a que ponto iria sua solidão, sentiu, por um instante, pela duração de um respiro, que o coração gelava no peito, estremecendo de frio, como um bichinho, um pássaro, uma lebre. Durante muitos anos andara sem lar e, no entanto, não o percebera. Nesse momento, porém, dava-se conta da falta. Sempre, ainda que se distanciasse de tudo, nas mais longínquas meditações, prosseguira sendo o filho de seu pai, fora brâmane, aristocrata, intelectual. Daí por diante, seria apenas Sidarta, o homem que acabava de acordar e nada mais. Com toda a sua força, aspirou o ar. Por um momento, tremeu de frio e de horror. Ninguém estaria tão solitário quanto ele. Não havia nenhum nobre que não fizesse parte dos nobres; nenhum artesão que não pertencesse à classe dos artesãos, encontrando agasalho entre seus semelhantes, vivendo a vida deles e falando a mesma língua; nenhum brâmane que não se incluísse no grupo de seus pares e convivesse com eles; nenhum asceta que não pudesse buscar abrigo entre os *samanas*. Nem sequer o mais isolado de todos os ermitões da selva era um homem só, não levava uma existência solitária, portanto, também ele pertencia a uma classe que lhe propiciava um lar. Govinda tornara-se monge, e milhares de monges eram seus irmãos, vestiam os mesmos trajes, tinham a mesma fé, falavam a mesma língua. E ele, Sidarta? Qual seria seu lugar? Participaria ele da existência de outrem? Haveria pessoas que falassem a mesma língua que ele?

Desse minuto, durante o qual o mundo que o cercava dissolvia-se em nada, quando Sidarta estava só como um astro no firmamento, desse minuto transido de frio e de temores, emergiu Sidarta, mais *eu* do que nunca, mais firme, mais concentrado. Sentiu nitidamente: aquilo fora o derradeiro tremor do despertar, o último espasmo do parto. E logo tornou a caminhar, em marcha rápida, impaciente, afastando-se de sua terra, do lar paterno, de tudo quanto jazia atrás dele.

Parte II

Dedicada a
WILHELM GUNDERT,
meu primo residente no Japão

1
Kamala

A cada passo da jornada, Sidarta aprendia coisas que antes desconhecera. O mundo parecia-lhe diferente. Seu coração batia como que enfeitiçado. E ele mirava o sol, sempre que este se levantava nas montanhas cobertas de florestas ou se punha atrás da longínqua praia orlada de palmeiras. Contemplava a ordem dos astros no firmamento noturno e o crescente da lua, a singrar, feito barco, pelo espaço azul. Olhava árvores, estrelas, animais, nuvens, arco-íris, rochedos, ervas, flores, arroios e rios. Percebia o orvalho da madrugada a cintilar nos galhos dos arbustos, e também o gris esmaecido de serras distantes. Cantavam os pássaros, zumbiam as abelhas. Nos arrozais, o vento soprava gentilmente. Tudo aquilo, esse sem-número de formas e cores, existira sempre. Em todos os tempos, houvera o correr dos rios e o zumbir de abelhas, mas outrora esses fenômenos tinham-se afigurado a Sidarta como um véu falaz, passageiro, estendido diante de seus olhos e que apenas merecesse desconfiança; um véu cujo destino fosse ser penetrado e destruído pelo pensamento, já que nada disso era essencial e a realidade se encontrava além dos objetos visíveis. Agora, porém, seu olhar libertado atinha-se a esse lado das coisas, acolhendo e identificando o que se lhe deparava. Procurava radicar-se neste mundo. Já não ia em busca do essencial. Já não visava ao além. Como era belo o mundo para quem o olhasse assim, ingenuamente, simplesmente, sem nada procurar nele! Como eram lindos os astros e a lua, os arroios e as ribeiras, as florestas e os penedos, a cabra e o besouro dourado, a flor e a borboleta! Era prazeroso e ameno passear assim pelo mundo, candidamente, como quem acabasse de despertar e se abrisse a tudo quanto o rodeasse, sem o menor receio. Em outro lugares o sol ardia; em outros lugares, a frescura da sombra do mato; o aroma de abóboras e bananas. Breves se tornavam os dias; fugazes, as noites. Cada hora voava, impelida qual veleiro no mar, e sob as velas achava-se o casco cheio de tesouros, de delícias. Sidarta espreitou o bando dos macacos enquanto percorriam a alta abóbada formada pela ramagem da selva; observou-os, como pulavam de galho em galho; escutou os gritos ávidos, ferozes. Viu um carneiro a correr atrás de uma ovelha, para cobri-la. Ao entardecer, no juncal da lagoa, espiou um lúcio que ia à caça, acossado pela fome, e o cardume de peixinhos apavorados, a saltar das águas, nervosos e brilhantes. A violência da perseguição provocou turbilhões passageiros que exalavam um perfume impregnado de paixão e vigor.

Tudo isso existira em todos os tempos e, todavia, escapara a Sidarta. Ele não estivera presente. Nesse instante, porém, estava presente, fazia parte dos acontecimentos. Por seus olhos passavam luzes e sombras. Os astros e a lua entravam no coração.

Durante a caminhada, Sidarta rememorou tudo o que lhe ocorrera no jardim de Jetavana: a doutrina que ali ouvira, o divino Buda, a despedida de Govinda, o diálogo travado com o Augusto. Chamou à memória as frases que ele mesmo dirigira ao Sublime, palavra por palavra, e com espanto verificou que naquela hora proferira coisas que então, no fundo, nem mesmo sabia. Dissera a Gotama que o tesouro e o mistério do Buda não consistem na doutrina, senão num quê indizível, não suscetível de ser ensinado e cuja experiência coubera ao Augusto na hora de sua iluminação. Ora, o desígnio da própria jornada seria precisamente ter essa mesma experiência.

Ele recém-começara a viver. Agora carecia sondar seu íntimo. Na verdade percebera, havia muito, que seu *eu* e o *Átman* eram uma e a mesma coisa e tinham sua essência eterna em comum com o *Brama*. Mas nunca lograra achar esse *eu*, portanto, se empenhara em enredá-lo nas malhas do pensamento. Posto que o corpo e o jogo dos sentidos certamente não fossem o *eu*, não convinha tampouco identificar com ele o pensamento, a inteligência, a sabedoria assimilada ou, finalmente, a técnica de tirar conclusões e de tecer, à base de raciocínios feitos, pensamentos novos. Não!, também essa esfera do espírito pertencia ainda a este mundo. Quem matasse o *eu* casual dos sentidos, e, em compensação, alimentasse o *eu* igualmente casual do pensar e da erudição não alcançaria nenhum objetivo. Uns e outros, os pensamentos tanto como os sentidos, eram coisas bonitas. O derradeiro significado jazia, porém, por trás de ambos. Era preciso ouvir os dois, brincar com eles, sem desprezá-los nem superestimá-los. Cumpria depreender de tudo quanto dizia a voz secreta de nosso íntimo. Sidarta estava decidido a aspirar somente àquilo que a voz mandasse perseguir. Não se ateria a coisa alguma a não ser àquela que a voz lhe recomendasse. Por que se sentara Gotama em determinado momento, na hora das horas, ao pé daquele baobá, no qual lhe viera a iluminação? Por ter ouvido uma voz a ressoar dentro do próprio coração e que lhe ordenara repousar na sombra dessas árvores. E ele, sem dar preferência às mortificações, aos sacrifícios, aos banhos, às orações, sem pensar em comer, beber, dormir, sonhar, obedecera à ordem. Tal obediência, prestada não a prescrições vindas de fora, senão unicamente à voz íntima, tal prontidão irrestrita, era boa, era necessária e o mais não tinha importância alguma.

À noite, enquanto dormia na choupana de palha de um balseiro, junto à ribeira, Sidarta teve uma visão: aparecia-lhe Govinda vestindo os trajes amarelos dos ascetas. Seu rosto parecia abatido e, em voz triste, disse ele: "Por que me abandonaste?" E Sidarta abraçou o amigo. Mas enquanto o enlaçava nos braços e o estreitava ao peito, já não era Govinda a quem cingia, senão uma mulher, de cujo vestido saía um seio opulento. Sidarta encostou a boca nesse seio e bebeu. O sabor do leite era doce e forte. Tinha gosto de macho e fêmea, sol e mato, animal e flor, todas as frutas, todos os prazeres. Embriagava e provocava tonturas.

Quando Sidarta acordou, cintilavam as águas do rio, lançando um clarão lívido pela porta da choupana. Da selva ressoava, profundo e distinto, o grave chamado de uma coruja.

Logo que raiou o dia, Sidarta pediu a seu anfitrião que o conduzisse ao outro lado. Na jangada de bambu, o balseiro transportou-o através do vasto rio, cuja água resplandecia rosada à luz da aurora.

– Que lindo rio! – disse Sidarta ao companheiro.

– Pois é – respondeu o balseiro. – É muito lindo. Prefiro esse rio a todo o resto do mundo. Muitas vezes escutei seu murmúrio, muitas vezes observei seu olhar e nunca deixei de aprender com ele. Um rio pode ensinar-nos tanta coisa.

– Agradeço-te, ó meu benfeitor – disse Sidarta, ao desembarcar. – Não te posso dar nenhum presente para retribuir tua hospitalidade. Não tenho com que te pagar, meu caro. Sou um homem sem lar. Sou filho de brâmane e *samana*.

– Eu sabia disso – replicou o balseiro – e não esperei de tua parte nenhuma recompensa, nenhum presente. Em outra ocasião me darás algum mimo.

– Achas mesmo? – perguntou Sidarta, alegremente.

– Tenho certeza. Também isso aprendi com o rio: tudo volta. Tu também voltarás, ó *samana*. Passa bem! Que tua amizade seja meu salário. Lembra-te de mim quando ofereceres um sacrifício aos deuses.

Separaram-se com um sorriso. Risonho, Sidarta aprazia-se com a gentileza e a amabilidade do balseiro. "Ele se parece com Govinda", pensou, sorrindo. "Tais pessoas ficam gratas, apesar de poderem, elas mesmas, reivindicar gratidão. Todas elas são submissas, querem ser amigas, gostam de obedecer, não gostam de pensar muito. Esses homens são verdadeiras crianças."

Por volta de meio-dia, passou por uma aldeia. Diante das cabanas de barro, a garotada revolvia-se na poeira da rua, brincando com sementes de abóbora e conchas. Os meninos gritavam e lutavam uns com os outros, mas todos fugiam, assustados, do *samana* desconhecido. Na outra extremidade da aldeia, a estrada atravessava um arroio. À beira, uma rapariga, de joelhos, lavava roupa. Levantou a cabeça quando Sidarta a saudou e examinou-o, sorrindo, de baixo para cima, de modo que reluzia o branco dos olhos. O jovem proferiu uma frase de bênção, à maneira dos peregrinos. Em seguida, perguntou-lhe se a cidade grande ficava ainda longe. Ela levantou-se. Aproximou-se de Sidarta. Os lábios úmidos brilhavam formosos no rosto da moça. Os dois trocaram então gracejos. Ela indagou se Sidarta já almoçara. Quis saber se era verdade que os *samanas* passavam a noite sozinhos no mato e não tinham o direito de gozar a companhia de mulheres. Enquanto isso, colocou o pé esquerdo sobre o pé direito de Sidarta e esboçou o gesto que fazem as mulheres quando excitam os homens àquele jogo de amor que os manuais didáticos denominam: "Trepar na árvore." Sidarta sentiu que seu sangue escaldava e, recordando-se do sonho que tivera, inclinou-se levemente em direção à mulher para apertar a boca no bico pardo do seio. Erguendo o rosto, viu que a mulher sorria, cheia de desejo. Nos olhos semicerrados lia-se a súplica pela volúpia.

Também Sidarta experimentava o mesmo desejo. Sentia a vibração da fonte do sexo. Mas como jamais se acercara de mulher alguma, hesitou por um instante, com as mãos já dispostas a agarrá-la. E nesse momento ouvia, estremecendo, a voz de sua alma que dizia: "Não!" De súbito, o semblante risonho da rapariga perdeu todo o encanto. O que se lhe deparava era apenas o olhar úmido de uma fêmea no cio. Gentilmente, Sidarta acariciou-lhe a face. Em seguida, afastando-se a passo lépido da mulher desapontada, sumiu no bambual.

No mesmo dia, antes do entardecer, chegou a uma cidade grande. Alegrou-se com isso, uma vez que tinha saudade de criaturas humanas. Por longos anos, vivera na floresta, e a choupana de palha do balseiro, onde ele passara a noite anterior, era o único teto a abrigá-lo.

Diante das portas da cidade, nas proximidades de um belo bosque cercado, um pequeno grupo de servos e aias, carregados de cestas, ia de encontro ao caminhante. Dentro de uma liteira conduzida por quatro homens e coberta por um baldaquino de muitas cores, uma senhora, a patroa, estava sentada num coxim vermelho. Sidarta estacou junto à entrada do arvoredo, a fim de contemplar o cortejo. Observou os criados, as raparigas, as cestas. Olhou a liteira e, dentro dela, enxergou a dama. Sob alta torre de cabelos negros, avistou um semblante muito claro, bem delicado, bastante inteligente, com a boca rosada, como um figo recém-cortado. Cuidadosamente pintadas, arqueavam-se as sobrancelhas. A mirada dos olhos escuros revelava siso e vigilância. Alvo e comprido, o pescoço saía do corpete verde e jade. As mãos brancas, graciosas, delgadas, repousavam, imóveis, e largos braceletes de ouro adornavam os pulsos.

Sidarta admirou-se de tanta beleza e seu coração deliciou-se. Curvou-se profundamente quando a liteira chegou perto dele. Ao erguer-se, fitou o rosto luzente, simpático. Por um instante, lia nos olhos inteligentes, por cima dos quais se abobadavam as altas sobrancelhas. Inalava a aura de um perfume desconhecido. Sorridente, a formosa mulher saudou-o com uma inclinação da cabeça. Logo depois, desapareceu no bosque, seguida pela criadagem.

"Ora" – pensou Sidarta – "dessa forma entro na cidade sob um signo auspicioso." Teve vontade de penetrar no arvoredo sem perda de tempo, mas, refletindo, lembrou-se de que os servos e as aias o haviam examinado com menosprezo e desconfiança, ao cruzarem com ele, junto à porta do bosque.

"Por enquanto sou *samana*" – disse a si mesmo. – "Não cessei ainda de ser um asceta e um mendigo. Não posso ficar assim. Desse jeito não é possível entrar num parque."

E riu-se gostosamente.

À primeira pessoa que encontrou na estrada perguntou a quem pertencia o bosque e como se chamava a mulher. Soube então que se encontrava no parque de Kamala, célebre cortesã que, além dessa propriedade, ainda possuía uma casa na cidade.

Sem demora, Sidarta entrou nessa cidade. Daí por diante, teria um objetivo. Sem perdê-lo de vista, deixou-se tragar pela multidão. Depois de boiar na corrente das vielas, parava nas praças. Descansava na escadaria, à beira do rio. De tardinha, travou amizade com um oficial de barbearia, ao qual vira trabalhar à sombra de um portão e que o reencontrou a orar num templo de Vishnu. Contou-lhe a história de Vishnu e Lakshmi.* Pernoitou perto dos barcos ancorados no rio e, na manhã seguinte, bem cedo, antes de chegarem os primeiros fregueses, pediu ao rapaz para barbeá-lo, cortar-lhe o cabelo, arranjar-lhe o penteado e untá-lo com óleos finíssimos. Feito isso, foi banhar-se no rio.

Ao entardecer, quando a formosa Kamala em sua liteira acercava-se do bosque, Sidarta achava-se junto à entrada. Inclinou-se e recebeu a saudação da cortesã. Fazendo um sinal ao servo que encerrava o cortejo, solicitou dele que in-

---

**Vishnu:* juntamente com Shiva e Brahma, forma a trindade hindu, na qual Vishnu é o deus responsável pela manutenção do universo. Lakshmi, também uma divindade do hinduísmo, é sua esposa. (*N. do E.*)

formasse a patroa de que um jovem brâmane desejava falar com ela. Depois de alguns minutos, o criado voltou e lhe deu um sinal para que o acompanhasse. Sem falar, conduziu-o a um pavilhão, onde Kamala jazia num sofá. Deixou-o a sós com ela.

– Não és aquele jovem que esteve ontem na entrada do bosque e me cumprimentou? – perguntou Kamala.

– Pois é. Já te vi e te cumprimentei ontem.

– Mas não tinhas ontem barba e cabelos compridos cobertos de poeira?

– Observaste-me muito bem. Enxergaste tudo. Viste Sidarta, o filho de brâmane, que abandonou seu lar para ser um *samana* e viveu três anos a vida dos ascetas. Agora, porém, abandonei essa senda. Cheguei a esta cidade e a primeira pessoa que encontrei, ainda antes do portão, foste tu. Para dizer-te isso, vim ter contigo, ó Kamala! Tu és a primeira mulher à qual Sidarta dirige a palavra sem baixar os olhos. Nunca mais baixarei os olhos quando topar com uma formosa mulher.

Sorrindo, Kamala brincava com o leque de penas de pavão.

– E Sidarta veio visitar-me unicamente para dizer-me isso? – indagou.

– Para dizer-te isso, sim, e para expressar sua gratidão por seres tão linda. E se minha ousadia não te desagradares, ó Kamala, gostaria de pedir-te que sejas minha amiga e mestra. Pois nada sei ainda da arte que tu exerces tão magistralmente.

Kamala deu uma gargalhada.

– Olha, meu amigo, nunca me ocorreu que um *samana* pudesse sair do mato a fim de estudar comigo! Pela primeira vez me procura um *samana* de cabelos compridos, com uma tanga velha, esfarrapada! Muitos jovens vêm até mim e entre eles há também filhos de brâmanes. Mas todos andam bem vestidos, calçam sapatos elegantes. Têm cabelos perfumados e dinheiro nos bolsos. É assim, meu amigo *samana*, que devem ser os jovens que me visitam.

– Já começo a aprender contigo – respondeu Sidarta. – Ontem também aprendi alguma coisa. Já me desfiz da barba, aparei e penteei o cabelo, perfumei a cabeça. O que ainda me falta, ó magnífica senhora, é pouca coisa apenas: roupas finas, sapatos distintos, dinheiro no bolso. Olha, Sidarta enfrentou tarefas muito mais difíceis que bagatelas dessa espécie e realizou-as. Como não conseguiria então o que se propôs ontem: ser teu amigo e aprender de ti as delícias do amor! Tu terás em mim um aluno dócil, ó Kamala. Assimilei ensinamentos mais complicados que aqueles que tu terás de ministrar-me. Pois, então, Sidarta não te basta assim como é, com os cabelos besuntados de óleo, mas sem roupas, sem sapatos, sem dinheiro?

– Não, meu caro, ele não me basta – replicou Kamala, com uma risada. – Deve ter roupas, mas roupas bonitas, e sapatos, mas dos melhores, muito dinheiro nos bolsos e presentes para Kamala. Compreendeste, ó *samana* do mato? Gravaste tudo na memória?

– Gravei tudo, perfeitamente – exclamou Sidarta. – Como me esqueceria de algo que viesse de uma boca igual a tua? Tua boca parece um figo recém-cortado, ó Kamala. Também a minha é rubra e fresca. Hás de notar que ela combinará bem com a tua. Mas dize-me, ó bela Kamala, não tens nenhum medo do *samana* saído do mato e que veio aprender de ti o amor?

– Por que sentiria eu medo de um *samana*, de uma criatura do mato, que só conviveu com os chacais e não tem a menor ideia do que é uma mulher?

– Olha, ele é forte, esse *samana*, e nada o assusta. Ele poderia tomar-te pela força, ó formosa moça. Poderia raptar-te. Poderia fazer-te mal.

– Não, ó *samana*, assim não me atemorizas. Por acaso jamais existiu um *samana* ou um brâmane receoso de que alguém pudesse aproximar-se dele, para agarrá-lo e roubar-lhe a erudição, a piedade, a profundeza do espírito? Nunca! Essas qualidades lhe pertencem exclusivamente e ele distribui delas só aquilo que quiser dar e a quem lhe aprouver. O mesmo, exatamente o mesmo, acontece com Kamala e com os prazeres do amor. Bela e rubra é a boca de Kamala, mas procura beijá-la contra sua vontade e não obterás nenhuma gota da doçura desses lábios que tanta doçura sabem propiciar! Uma vez que és dócil, ó *samana*, aprende também isto: o amor pode-se mendigar, comprar, receber de presente, mas nunca roubar pela força. O caminho que imaginaste está errado. Realmente, seria uma lástima se um jovem tão bonito como tu lançasse mão de meios tão absurdos.

Sidarta inclinou-se com um sorriso.

– Seria de fato uma lástima, ó Kamala. Tens razão. Uma verdadeira lástima! Não, não devo perder nenhuma gota da doçura de tua boca, assim como tu não perderás nenhuma da minha! Está combinado: Sidarta voltará quando tiver o que ainda lhe falta, as roupas, os sapatos e o dinheiro. Mas, dize-me, ó graciosa Kamala, não queres dar-me um pequeno conselho?

– Um conselho? Por que não? Quem não gostaria de orientar um pobre e ignorante *samana* que vem diretamente dos chacais do mato?

– Aconselha-me então, minha querida Kamala: aonde devo dirigir-me para encontrar aquelas três coisas o mais depressa possível?

– Ora, meu amigo, há muita gente que gostaria de saber a resposta dessa pergunta. Terás de utilizar teus conhecimentos e conseguir que paguem teu trabalho, oferecendo-te dinheiro, roupas e sapatos. É só assim que os pobres chegam a enriquecer. Que é que sabes fazer?

– Sei pensar. Sei esperar. Sei jejuar.

– Nada mais?

– Nada mais. Mas como? Sei ainda fazer poesia. Não me darias um beijo por um poema?

– Darei, sim, se teu poema me agradar. Quero ouvi-lo.

Após ter refletido um instante, Sidarta recitou os seguintes versos:

Na sombra do seu bosque entrou a bela Kamala.
Na entrada do arvoredo achava-se o pardo samana.
Quando avistou a flor de lótus,
Profundamente se inclinou.
Sorrindo, agradeceu Kamala,
E o jovem disse para si:
Faz bem quem imolar tudo aos deuses,
Mas melhor ainda quem sacrificar
À bela Kamala.

A moça aplaudiu com tanta força que os braceletes de ouro tiniam.

– Teus versos são lindos, ó pardo *samana*. Sinceramente, acho que não perco nada se te der um beijo em troca.

Atraiu-o para junto de si e Sidarta inclinou o rosto sobre o de Kamala. Pousou a boca sobre os lábios dela, que pareciam um figo recém-cortado. Era demorado o beijo de Kamala e com imenso espanto sentiu Sidarta que ela o ensinava. Percebeu a perícia da mulher. Observou que o dominava, ora afastando-o, ora convidando-o. Notou que a esse primeiro beijo sucedia toda uma sequência de beijos bem calculados e estudados, cada qual diferente do anterior e dos que ainda o aguardavam. Respirando profundamente, Sidarta permaneceu imóvel, pasmado, como uma criança, em face da extensão da arte que se lhe descortinava e de tudo quanto lhe restava aprender.

– São muito lindos, os teus versos! – exclamou Kamala –, e, se eu fosse rica, receberias de mim umas moedas de ouro. Mas será difícil para ti ganhar com versos tanto dinheiro quanto necessitarás. Pois precisarás de bastante dinheiro se quiseres tornar-te amigo de Kamala.

– Como sabes beijar bem, ó Kamala! – balbuciou Sidarta.

– Sim, sei dar beijos e por isso não me faltam vestidos, sapatos, pulseiras e todas as outras coisas bonitas. Mas que será de ti? Não sabes fazer nada a não ser pensar, jejuar e fazer versos?

– Sei também as orações dos sacrifícios – respondeu Sidarta –, mas não quero voltar a cantá-las. Também conheço fórmulas mágicas, mas não quero pronunciá-las novamente. Li as escrituras...

– Para! – interrompeu-o Kamala. – Então sabes ler e escrever?

– Claro que sei e não sou o único a sabê-lo.

– Mas a maioria das pessoas não sabe. Nem eu sei. Que ótimo que aprendeste a ler e escrever, que ótimo! E também poderás servir-te das fórmulas mágicas.

Nesse momento, uma das aias, que entrara a toda pressa, soprou algumas palavras ao ouvido da patroa.

– Tenho um visitante – disse Kamala. – Vai-te embora, Sidarta, e que ninguém te veja aqui! Compreendeste? Amanhã tornarei a receber-te.

A seguir, ordenou à criada que desse um manto branco ao piedoso brâmane. Antes que se desse conta do que lhe acontecia, o jovem sentiu-se arrastado pela rapariga que, por um caminho secreto, conduziu-o a uma casa de jardineiro. Brindou-o com um manto, levou-o ao arvoredo e pediu-lhe insistentemente que se apressasse a sair do parque, sem que ninguém o avistasse.

Satisfeito, Sidarta obedeceu. Como aprendera na floresta, atravessou silenciosamente o bosque e passou por cima da cerca viva. Todo feliz, regressou à cidade, com o manto enrolado sob o braço. Num albergue frequentado por viajantes, colocou-se nas proximidades da porta. Com um gesto mudo, rogou que lhe dessem alguma comida e, sem falar, aceitou um pedaço de bolo de arroz. "Pode ser que amanhã eu não precise mais pedir comida a ninguém!", pensou.

Subitamente, um sentimento de orgulho apoderou-se dele. Depois de ter cessado de ser *samana*, já não lhe convinha mendigar. Atirando o bolo de arroz a um cão, absteve-se de alimentos.

"Como é simples a vida que se leva neste mundo!" – ponderou Sidarta. – "Não existe nenhuma dificuldade. Quando eu era *samana*, tudo era complicado e penoso. Ao fim, já não havia nenhuma esperança. Agora tudo se torna fácil, tão fácil quanto são as aulas de beijos que me ministra Kamala. Preciso unicamente de dinheiro e de roupas. É um objetivo próximo, insignificante, que não me tirará o sono."

Fazia muito que localizara a casa que Kamala habitava na cidade. No dia seguinte, lá apareceu.

– Tudo vai bem! – exclamou ela, ao vê-lo. – Kamasvami te aguarda. É o comerciante mais rico da cidade. Se lhe agradares, serás contratado por ele. Usas tua inteligência, ó pardo *samana*. Consegui que outras pessoas lhe falassem de ti. Mostras-te gentil para com ele. Kamasvami é muito poderoso. Mas não sejas demasiado modesto! Não quero que ele te empregue como servo. Deverás ser seu igual, de outro modo não ficarei satisfeita contigo. Kamasvami começa a envelhecer e torna-se preguiçoso. Se ele gostar de ti, certamente te entregará muitos assuntos.

Sidarta agradeceu-lhe, radiante, e Kamala, quando soube que o jovem nada comera, nem naquele dia, nem na véspera, deu ordem para que lhe trouxessem pão e frutas, que ela mesma lhe serviu.

– Tiveste sorte – disse na hora da despedida. – Uma porta após outra abre-se diante de ti. Como se explica isso? Dispões, por acaso, de algum feitiço?

– Ontem te contei que sei pensar, esperar, jejuar e tu achaste que isso não valia nada – respondeu Sidarta. – Mas, na realidade, vale muito, ó Kamala, como verás em breve. Então perceberás que os estúpidos *samanas* da selva aprendem muita coisa bonita que vós, os outros, ignorais. Anteontem, eu era um mendigo hirsuto. Ontem já beijei Kamala e daqui a pouco serei um comerciante e terei dinheiro e todas as demais coisas às quais ligas tamanha importância.

– Pois é – concordou ela. – Mas que farias sem mim? Que seria de ti se Kamala não te ajudasse?

– Minha querida Kamala – replicou Sidarta, empertigando-se. – Quando entrei em teu bosque, dei o primeiro passo. Era meu propósito aprender sobre o amor pelos ensinamentos da mais formosa de todas as mulheres. A partir do momento em que me propus a isso, sabia também que realizaria minhas intenções. Tinha certeza de que tu me ajudarias. Sabia-o desde que me olhaste pela primeira vez, na entrada de teu parque.

– E se eu não quisesse fazê-lo?

– Já o fizeste. Olha, Kamala: uma pedra que atirares na água dirige-se ao fundo pelo caminho mais rápido. O mesmo sucede a cada vez que Sidarta tem um objetivo, um propósito. Sidarta não faz nada. Apenas espera, pensa e jejua. Mas passa através das coisas deste mundo como a pedra passa pela água, sem se mexer, sentindo-se atraído, deixando-se cair. Sua meta puxa-o para si, uma vez que ele não admite no espírito nada que se possa opor a ela. Eis o que Sidarta aprendeu dos *samanas*. É aquilo que os tolos chamam de feitiço e que na opinião deles é obra dos demônios. Nada é obra dos demônios, já que não há demônios. Cada um pode ser feiticeiro. Todas as pessoas são capazes de alcançar seus objetivos, desde que saibam pensar, esperar, jejuar.

Kamala escutou atentamente. Adorava a voz de Sidarta e também a expressão de seus olhos.

– Talvez seja mesmo assim como afirmas – disse ela, em voz baixa. – Mas também pode ser que Sidarta seja apenas um belo rapaz, cujo olhar agrade às mulheres e que, por isso, a sorte o bafeje.

Sidarta despediu-se com um beijo.

– Que assim seja, minha mestra! Tomara que meu olhar nunca cesse de agradar-te, para que minha sorte sempre venha de ti!

2
Entre os homens tolos

Sidarta encaminhou-se ao comerciante Kamasvami. Indicaram-lhe uma casa luxuosa. Alguns criados conduziram-no por corredores decorados com tapetes preciosos até uma sala onde ele devia aguardar a chegada do amo.

Encontrou Kamasvami, homem ágil, desembaraçado, de cabelos grisalhos. Seu olhar revelava siso e prudência, e a boca, sensualidade. O dono da casa e o visitante cumprimentaram-se amavelmente.

– Fiquei sabendo – começou o comerciante – que és um brâmane erudito, mas procuras um emprego no comércio. Explica-me, pois, ó brâmane: estás na miséria, de modo que a necessidade te obriga a empregar-te?

– Absolutamente – respondeu Sidarta. – Não estou na miséria e jamais padeci dela. É preciso que saibas que fiz parte dos *samanas* e convivi com eles durante muito tempo.

– Ora, se viveste a vida dos *samanas*, como dizes que não estás na miséria? Desde quando não andam os *samanas* desprovidos de tudo?

– Não tenho nada que me pertença – replicou Sidarta –, se for a isso que te referes. Estou desprovido de tudo, como não? Mas vivo assim por minha livre vontade e, por isso, não careço de nada.

– Mas de que tencionas viver, uma vez que não possuis nada?

– Nunca me preocupei com esse problema, meu caro senhor. Por mais de três anos vivi sem ter bens materiais e nunca me perguntei como me sustentaria no futuro.

– De maneira que viveste do que os outros possuíam.

– Provavelmente foi assim. Também o comerciante vive do que possuem os outros.

– Muito bem. Mas não recebe os bens dos outros de graça, uma vez que lhes dá em troca sua mercadoria.

– De fato parece que seja assim. Todos recebem e dão alguma coisa. Assim é a vida.

– Permite-me, porém, uma objeção: tu que não possuis nada, que é que tencionas dar?

– Cada um dá o que tem. O guerreiro dá sua força; o comerciante, sua mercadoria; o mestre, sua doutrina; o pescador, seus peixes.

– Ótimo. E qual será o bem que tu poderás oferecer? Que aprendeste? Que sabes fazer?

– Sei pensar. Sei esperar. Sei jejuar.

– Só isso?

– Acho que é só isso.

– E que valor têm esses conhecimentos? O jejum, por exemplo. Para que serve o jejum?

– Para muita coisa, meu caro senhor. Para quem não tiver nada que comer, o jejum será a coisa mais inteligente que se possa fazer. Se, por exemplo, Sidarta não houvesse aprendido a suportar o jejum estaria obrigado a aceitar hoje mesmo um serviço qualquer, seja em tua casa, seja em outro lugar, já que a fome o forçaria a fazê-lo. Assim, porém, Sidarta pode aguardar os acontecimentos com toda a calma. Não sabe o que é impaciência. Para ele, não existem situações embaraçosas. Sidarta pode aguentar por muito tempo o assédio da fome e ainda rir-se dela. É para isso, meu caro senhor, que serve o jejum.

– Tens razão, ó *samana*. Espera um instante.

Kamasvami saiu e voltou com um rolo na mão. Estendendo-o ao visitante, perguntou:

– Sabes ler isto?

Sidarta olhou o rolo no qual se achava registrado um contrato de compra e venda. Começou a ler o conteúdo em voz alta.

– Ótimo – disse Kamasvami. – E agora tem a gentileza de escrever qualquer coisa nesta folha.

Entregou-lhe uma folha de papel e um lápis. Sidarta escreveu e devolveu-lhe a folha.

Kamasvami leu: "Escrever é bom. Pensar é melhor. A inteligência é boa. A paciência é melhor."

– Sabes escrever magnificamente – elogiou-o o comerciante. – Há ainda muita coisa de que teremos de tratar. Por hoje rogo-te que sejas meu hóspede e te alojes nesta casa.

Agradecendo, Sidarta aceitou o convite. Daí por diante, morava no lar do comerciante. Trouxeram-lhe roupas e sapatos. Todos os dias, um criado preparava-lhe o banho. Duas vezes por dia serviam-lhe copiosos repastos, mas Sidarta limitava-se a uma refeição diária. Não comia carne, tampouco tomava vinho. Kamasvami enfronhava-o em seus negócios. Mostrava-lhe as mercadorias e os armazéns. Explicava-lhe os cálculos. Sidarta passou a conhecer inúmeras coisas novas. Ouvia muito, falava pouco e, recordando-se do conselho de Kamala, jamais se subordinava ao comerciante. Obrigava-o a tratá-lo como seu igual ou como uma pessoa superior. Kamasvami dedicava-se aos negócios com esmero e, às vezes, com verdadeira paixão. Sidarta, porém, considerava tudo aquilo um mero jogo, cujas regras desejava aprender inteiramente, mas cujo desdobramento o deixava perfeitamente frio.

Ainda não se passara muito tempo desde que tomara residência na casa de Kamasvami, quando já começava a tomar parte no comércio de seu anfitrião. Mas todos os dias, à hora marcada por ela, ia ter com a formosa Kamala, trajando belas roupas e sapatos elegantes. Em seguida, também lhe trazia presentes. Muitas coisas lhe revelava a boca rubra, perita, da mulher. Muitas coisas lhe mostrava a mão delicada, ágil, de Kamala. A Sidarta que, em matéria de amor, era ainda menino e tendia a lançar-se cegamente, com apetite insaciável, ao gozo, como que num abismo, ela ensinava, desde os princípios, o fato de que não se pode receber prazer sem dar prazer; que cada gesto, cada carícia, cada aspecto, cada parte do corpo esconde em si um segredo, cuja descoberta causará enorme prazer a quem a fizer. Dela, aprendia Sidarta que os amantes não devem separar-se após a festa do amor sem que um parceiro sinta a admiração do outro; sem que ambos sejam vencedores tanto como vencidos, de maneira que em nenhum dos dois possa surgir a sensação de enfado ou de vazio e ainda menos a impressão desagradável de terem-se maltratado mutuamente. Maravilhosas eram as horas que ele passava em companhia dessa linda e experiente artista, tornando-se sucessivamente seu discípulo, seu amante, seu amigo. Era ali, nos braços de Kamala, que residiam nessa fase da vida o valor e o significado de sua existência, e não no escritório de Kamasvami.

O comerciante encarregou-o da redação de cartas e contratos de grande importância. Habituou-se a aconselhar-se com Sidarta sobre quaisquer assuntos ponderosos. Depois de pouco tempo, verificou que Sidarta quase nada entendia de arroz, de lã, de navegação, de comércio, mas tinha a mão feliz e superava ele, Kamasvami, no que se referia à calma, à equanimidade, à arte de escutar e de penetrar na alma alheia. "Esse brâmane" – disse certa vez a um amigo – "não é e nunca será um genuíno comerciante. Seu espírito jamais se apaixonará pelos negócios. No entanto, tem aquele quê misterioso, peculiar das pessoas das quais o êxito se aproxima espontaneamente, trata-se de uma boa estrela nascida com elas, ou de certo poder mágico, ou ainda de algo que os *samanas* lhe tenham ensinado. Ele sempre me dá a impressão de brincar com os negócios. Nunca se entrega inteiramente ao comércio, nunca se deixa dominar por ele, nunca receia reveses, nunca se preocupa com alguma perda."

E o amigo deu-lhe o seguinte conselho:

"Concede-lhe um terço do lucro de todos os negócios que ele empreender para ti, mas deixa claro que ele terá de arcar na mesma proporção com eventuais prejuízos. Assim se intensificará seu interesse."

Kamasvami obedeceu à sugestão. Mas Sidarta não dava a menor importância a tudo aquilo. Quando lhe cabia algum lucro, aceitava-o com displicência e cada vez que houvesse contratempo, dava uma risada, dizendo: "Vejam só, dessa vez nos saímos mal!"

Parecia de fato que os negócios o deixavam completamente indiferente. Certa vez, encaminhou-se a uma aldeia a fim de adquirir grande quantidade de arroz. Quando chegou ao destino da viagem, soube que o arroz já fora vendido a um concorrente. Mesmo assim, permaneceu vários dias naquela aldeia. Convidou os camponeses a comer e beber. Presenteou a criançada com moedas de cobre. Participou dos festejos de um casamento e, finalmente, regressou, satisfeitíssimo. E quando Kamasvami o repreendeu pela demora do retorno e pelo desperdício de tempo e dinheiro, respondeu Sidarta:

– Para de ralhar comigo, meu caro! Nunca ninguém conseguiu coisa alguma por meio de resmungos. Se houve prejuízo, deixa que eu arque com ele. Fiquei muito contente com o resultado dessa viagem. Conheci muita gente. Um brâmane tornou-se meu amigo. Criancinhas cavalgaram em meus joelhos. Camponeses mostraram-me seus campos. Ninguém me tomou por um negociante.

– Tudo isso é muito bonito – exclamou Kamasvami, agastado. – Mas, na realidade, és um negociante, acho eu! Ou fizeste essa viagem unicamente para divertir-te?

– Claro! – disse Sidarta, soltando uma gargalhada. – Claro que viajei para divertir-me. Por que outra razão o teria feito? Cheguei a conhecer pessoas e regiões. Obtive gentilezas e confiança. Encontrei amizade. Olha, meu amigo, se eu fosse Kamasvami, teria regressado imediatamente, a toda a pressa, cheio de raiva, ao constatar que a compra não sairia. Nesse caso, o resultado da viagem seria de fato uma perda de tempo e de dinheiro. Mas, assim, tive dias amenos. Aprendi alguma coisa. Alegrei-me e não prejudiquei nem a mim nem a outras pessoas por nervosismo ou precipitação. E se eu, mais uma vez, voltar àquele lugar, talvez para comprar outra colheita ou para fazer o que quer que seja, serei recebido amistosa e jovialmente por homens simpáticos. Então, elogiarei a mim mesmo por não ter dado, naquela ocasião, nenhum sinal de mau humor ou de pressa desnecessária. Sossega, pois, meu amigo, e não estragues tua saúde pela bílis! Logo que verificares que esse Sidarta te causa prejuízo, bastará uma única palavra para que ele se vá embora. Até esse dia, porém, continuemos a conviver satisfeitos um com o outro.

Igualmente inúteis eram quaisquer tentativas que fazia o comerciante no sentido de convencer Sidarta de que, afinal de contas, o pão que lhe serviam era dele, Kamasvami. Sidarta achava, no entanto, que comia o próprio pão, ou melhor: que ambos comiam o pão de outrem, o pão comum a todos. Nunca o jovem prestava a menor atenção às preocupações de Kamasvami, e Kamasvami as tinha em grande quantidade. Sempre que um negócio em andamento estivesse ameaçado de malogro, quer se houvesse extraviado uma remessa de mercadorias, quer um devedor não pudesse pagar, esforçava-se o comerciante em vão por persuadir seu colaborador da necessidade de proferir palavras pesarosas ou iradas e da utilidade de andar com o rosto carrancudo ou de perder o sono. Certa vez, quando Kamasvami se gabava de que Sidarta aprendera dele tudo quanto sabia, este lhe respondeu:

– Não brinques comigo! O que aprendi de ti foram o preço de uma cesta de peixes e os juros que se pode pedir por um empréstimo. Assim é tua sabedoria. Mas o modo de pensar, prezado amigo Kamasvami, isso não aprendi de ti. Melhor seria que tu o aprendesses de mim.

Era bem verdade que seu coração permanecia distante do comércio. Os negócios serviam para propiciar-lhe dinheiro para Kamala, e o lucro que provinha deles dava-lhe muito mais que apenas o necessário. De resto, a simpatia e a curiosidade de Sidarta pertenciam às criaturas humanas, cujos trabalhos, ofícios, cuidados, diversões e tolices outrora não lhe haviam interessado em absoluto. Ainda que não encontrasse nenhuma dificuldade em conversar ou conviver com qualquer um e em aprender alguma coisa de todos, percebia com crescente nitidez que existia algo que o separava dos demais homens: seu passado de *samana*. Ao observar aquela existência infantil ou animalesca que levavam os seres humanos, ao mesmo tempo adorava e desprezava tal estilo de vida. Via como labutavam, sofriam, envelheciam por causa de assuntos que não lhe pareciam valer tamanho esforço e como se empenhavam em obter dinheiro, prazeres minúsculos, honrarias insignificantes. Ouvia como se censuravam e se insultavam mutuamente, como choravam suas dores que fariam rir a um *samana* e notava quanto lhes custavam certas privações que um *samana* nem mesmo sentiria.

Mantinha-se acessível a tudo que lhe comunicavam esses homens. Acolhia amavelmente o mercador que lhe quisesse vender linho; o jovem endividado que lhe solicitasse um empréstimo; o mendigo que lhe roubasse uma hora, contando a história de sua pobreza que, frequentemente, era muitíssimo menor que a de qualquer *samana*. O abastado comerciante estrangeiro recebia de sua parte o mesmo tratamento que o servo que o barbeasse ou o vendedor de rua do qual comprasse bananas, sempre permitindo que o homem ganhasse algumas moedinhas no peso. Quando Kamasvami o procurava para lamentar-se de suas preocupações ou para censurar-lhe algum negócio malsucedido, Sidarta, entre curioso e bem-humorado, prestava-lhe atenção. Escutava com espanto o que o outro dizia. Empenhava-se em compreendê-lo. Dava-lhe razão até o ponto que lhe parecia conveniente e, em seguida, virava-lhe as costas, a fim de atender a outra pessoa qualquer que desejasse falar com ele. Muita gente vinha ter com Sidarta, alguns para fazer negócios, outros para lográ-lo, outros para espiá-lo, outros para despertar sua compaixão e ainda outros para ser orientados por ele. E Sidarta dava conselhos, compadecia-se, oferecia presentes, admitia pequenas trapaças. Tanto esse jogo como a paixão com que os homens se lhe abandonavam preocupavam o espírito de Sidarta com a mesma intensidade que ele outrora devotara aos deuses e ao *Brama*.

De quando em quando, ressoava no âmago do peito uma vozinha suave, como que agonizante, a exortá-lo bem baixinho e a queixar-se quase imperceptivelmente. Nessas horas, Sidarta, por uns poucos instantes, dava-se conta de que levava uma existência estranha, de que se limitava a fazer coisas que não passavam de um brinquedo. Notava então que tudo isso lhe causava certo prazer e amiúde o alegrava, mas que a verdadeira vida decorria longe dele, sem tocá-lo. Assim como um malabarista brinca com suas bolas, assim brincava ele com seus negócios e com os homens que o rodeavam. Contemplava-os, divertia-se a sua custa, sem que seu coração e a fonte de sua alma participassem dessas atividades. Essa fonte jorrava em outra parte, muito distante de sua pessoa; jorrava e prosseguia jorrando, invisível, sem nada ter a ver com a vida de Sidarta. E momentos houve em que ele se assustou com tais pensamentos, desejando que lhe fosse dado, também a ele, participar apaixonadamente, de todo o coração, daquelas ocupações cotidianas, infantis. Almejava viver em vez de restringir-se ao papel de um mero espectador.

Mas volta e meia ia visitar a formosa Kamala. Estudava a arte de amar. Exercitava-se no culto das delícias, no qual, mais que em nenhum outro, os atos de dar e de tomar fundem-se num só. Conversava com a moça, aprendia com ela, aconselhava-a e recebia, por sua vez, conselhos. Ela o compreendia melhor do que Govinda jamais o compreendera, uma vez que tinha maior afinidade com ele.

Certa vez, disse-lhe Sidarta:

– Tu és como eu. És diferente dos outros seres humanos. És Kamala e nada mais. Em teu íntimo há calma e asilo, e a qualquer instante podes retirar-te dali, para estares a sós contigo mesma, assim como eu também o sei fazer. Poucos homens têm essa faculdade e, todavia, não há nenhum que não possa gozar dela.

– Nem todos são inteligentes – replicou Kamala.

– Não – continuou Sidarta –, essa não é a razão. Kamasvami é tão inteligente quanto eu e, todavia, não encontra nenhum refúgio em seu íntimo, ao passo que outras pessoas o conseguem, embora não tenham mais siso que uma criancinha. Olha, Kamala, a maioria das criaturas humanas é como folha arrancada, a flutuar e revolver-se no ar, até ir ao chão. Outras, porém, se parecem com os astros que andam numa órbita fixa, sem que nenhum vento possa alcançá-los, e têm em si próprios sua lei e sua rota. Entre todos os eruditos e *samanas* com os quais travei contato, um único era assim, um homem perfeito, que jamais poderei esquecer. É aquele Gotama, o Sublime, o criador da doutrina que conheces. Dia a dia, milhares de discípulos ouvem essa doutrina; hora a hora, obedecem a seus preceitos. Mas todos eles são folhas arrancadas, uma vez que não possuem em si a doutrina e a lei.

Kamala olhou-o com um sorriso:

– Novamente andas falando dele – disse. – Voltaste a ter ideias de *samana*.

Sidarta calou-se e ambos deram-se ao jogo do amor, a um dos 30 ou 40 jogos diferentes que Kamala conhecia. Seu corpo era flexível como o do jaguar ou como o arco de um caçador. Quem aprendesse dela o amor saberia grande número de prazeres e de mistérios. Por muito tempo, Kamala brincava com Sidarta, atraindo-o, afastando-o de si, cingindo-o com os braços, regozijando-se de sua maestria, até que ele descansasse a seu lado, vencido e exausto.

Inclinando-se sobre ele, a hetera espreitou-lhe demoradamente a fisionomia e os olhos fatigados.

– Tu és o melhor amante – disse, então, pensativa – que já tive em toda a minha vida. És mais forte, mais desembaraçado, mais dócil que qualquer outro. Muito bem assimilaste minha arte, ó Sidarta. Um dia, quando eu for mais velha, gostaria de ter um filho teu. E, todavia, meu caro, és ainda um *samana*. Apesar de tudo não me amas. Não amas ninguém. Não é?

– Pode ser que seja assim – respondeu Sidarta, lassamente. – Sou igual a ti. Tampouco sabes amar. De outra forma, nunca serias capaz de fazer do amor uma arte. Possivelmente, criaturas como nós não poderão jamais amar. Os outros homens, por tolos que sejam, têm essa faculdade. Nisso reside seu segredo.

3
Sansara

Por muito tempo, Sidarta ia vivendo a vida do mundo e dos prazeres, sem, todavia, pertencer a ela. Seus sentidos, quase extintos no fervor dos anos passados em companhia dos *samanas*, haviam voltado a agitar-se. Sidarta saboreava a riqueza tanto como a volúpia e o poder. No fundo do coração, porém, continuava, mesmo assim, sendo um *samana*, como claramente percebera a inteligente Kamala. O que norteava sua existência era ainda a arte de pensar, de esperar e de jejuar. Os homens do mundo, aqueles tolos, permaneciam estranhos a ele, assim como o próprio Sidarta sempre se sentia um estranho em seu meio.

Escoavam-se os anos. Agasalhado no conforto dessa vida, Sidarta mal notava sua fuga. Era rico. Havia muito que possuía casa própria. Dispunha de criados. Adquirira um jardim fora da cidade, à beira do rio. Os homens gostavam dele. Procuravam-no sempre que careciam de dinheiro ou de conselhos. Mas ninguém, a não ser Kamala, tinha intimidade com ele.

Aquela vigília sublime, nítida, que em outros tempos lhe coubera em sorte, nos dias que se seguiram ao sermão de Gotama e à separação de Govinda; aquela tensão de expectativa; aquele isolamento altivo, longe de doutrinas e de mestres; aquele estado de desembaraçada presteza de ouvir a voz divina, cada vez que ela ressoava no âmago do próprio coração – tudo isso transformara-se aos poucos em mera recordação, mostrando-se efêmero. Distante, quase inaudível, ficara o murmúrio da sagrada fonte que outrora jorrava bem perto dele, brotada da alma. Era bem verdade que muita coisa que ele aprendera dos *samanas*, o que lhe haviam ensinado Gotama e o brâmane, seu pai, mantivera-se viva em seu espírito por muito tempo ainda. A sobriedade, o gosto de pensar, as horas de meditação, o conhecimento secreto da própria personalidade, do eterno *eu*, que não é nem corpo nem consciência, tinham-se conservado nele, mas um após outro desses bens haviam ficado soterrados, cobertos de poeira. Assim como um torno de oleiro, uma vez posto em movimento, prossegue girando, longamente, até que, aos poucos, canse e se imobilize, assim continuavam a girar na alma de Sidarta as rodas do ascetismo, do pensar, do discernimento. Ainda andavam em giro, mas seu movimento tornara-se mais lento, hesitante, acercando-se do estado de imobilidade. Devagar, semelhante à umidade a penetrar o tronco moribundo de uma árvore, espalhando-se constantemente e fazendo com que ela apodreça, o mundo e a preguiça tinham tomado conta do coração de Sidarta. Em lento avanço, enchiam-lhe o espírito, que ficava lerdo, fatigado e violento. Seus sentidos, em compensação, vinham a ser muito ativos, sabidos, experientes.

Sidarta aprendera a fazer comércio, a dominar os homens, a divertir-se com a mulher; aprendera a usar roupas elegantes, a dar ordens à criadagem, a banhar-se em águas perfumadas; aprendera a comer pratos finos, preparados com esmero, inclusive peixes, carne e aves, doces e especiarias, e a beber vinho, que produz inércia e esquecimento; aprendera a jogar dados e xadrez, a contemplar bailarinas, a andar de liteira, a dormir num leito macio. Mas sempre prosseguia sentindo-se diferente dos outros e superior a todos. Nunca cessara de observá-los um tanto ironicamente, com certo desdém sarcástico, precisamente aquele desdém com que os *samanas* costumam encarar os homens do mundo. Cada vez que Kamasvami estivesse adoentado, enfurecido, melindrado, ou ainda se preocupasse com seus problemas comerciais, Sidarta olhava-o com uma expressão zombeteira. Apenas lenta e imperceptivelmente, no curso das monções e das estações de safra, seu escárnio tornara-se mais lasso e menos intenso seu sentimento de superioridade.

Lentamente, também, em meio a seus tesouros sempre crescentes, o próprio Sidarta assimilara algo das atitudes peculiares dos homens tolos, de sua ingenuidade e de seus receios. E, todavia, tinha inveja deles, tanto maior quanto mais se lhes assemelhava. Invejava-lhes aquela única coisa que lhe faltava e que eles possuíam, a saber: a importância que logravam ligar a sua vida, a violência de suas alegrias e de seus temores, a angustiada e, todavia, doce felicidade de seus eternos desejos. Essa gente apaixonava-se ininterruptamente por si mesma, por mulheres, por filhos, por honrarias ou por dinheiro, por projetos ou por esperanças. Ele, porém, era incapaz de aprender isso, precisamente, aquela alegria infantil, aquela tolice ingênua. O que os homens lhe ensinavam era justamente o comportamento antipático, que ele mais abominava. Com frequência cada vez maior, ocorria-lhe, após uma noite passada em sociedade, não se levantar de manhã por sentir-se abatido e fatigado. Às vezes, chegava a irritar-se e impacientar-se quando Kamasvami o entediava com suas preocupações. Em outras ocasiões ria-se exageradamente ao perder no jogo de dados. Sua fisionomia continuava mais inteligente e espirituosa que a dos outros, mas raramente estava risonha. Uma a uma, assumia aquelas expressões que geralmente se encontram nos rostos de ricaços, os sinais do descontentamento, da morbidez, da indolência, do desânimo, da ausência de amor. Pouco a pouco, apossava-se dele o mal que acontece às almas dos ricos.

Como um véu, qual névoa pouco espessa, a fadiga envolvia Sidarta, lentamente, tornando-se mais densa dia a dia, mais turva de mês em mês, mais pesada de ano em ano. Assim como um belo vestido se desgasta com o tempo, e com o tempo desbotam suas belas cores, assim como nele se criam rugas, e os debruns se tornam puídos, e a fazenda em alguns lugares começa a desfiar, assim envelhecera também aquela vida diferente que Sidarta iniciara, depois de separar-se de Govinda. Enquanto os anos se passavam, perdera seu brilho e seu colorido. Rugas e manchas apareciam nela e, no fundo, ainda ocultos, porém de quando em quando exibindo o semblante feio, repousavam o nojo e a desilusão. Sidarta não notou nada disso. Apenas percebeu que silenciara aquela voz clara, firme, que outrora ressoava em seu coração e o norteara continuamente no apogeu de sua existência.

O mundo apanhara-o em suas malhas, o prazer, a cobiça, a inércia e, finalmente, também aquele vício que sempre se lhe afigurara o mais estúpido de todos: a avareza. Também a posse, os bens materiais e a riqueza haviam-se apoderado dele, cessando de representar para ele um brinquedo, uma bagatela e transformando-se em grilhões e cargas. A essa derradeira dependência, à mais vil de todas, chegara Sidarta por um caminho curioso e pérfido: pelo jogo de dados. Desde aqueles dias em que, no fundo do coração, desistira de ser *samana*, dedicava-se ele, sempre com crescente fervor e paixão, a esse jogo por dinheiro ou objetos preciosos. Antigamente, tomara parte nele com bom humor, indolentemente, considerando-o um hábito peculiar aos tolos. Como jogador, era temido. Poucas pessoas arriscavam-se a enfrentá-lo, em razão das apostas muito altas e ousadas que ele costumava fazer. O que o impelia a jogar era a tristeza de sua alma. Perder dinheiro, dissipá-lo, causava-lhe certa alegria mesclada de raiva. De nenhum outro modo podia-se manifestar mais clara e cinicamente o desdém que Sidarta sentia pela riqueza, ídolo dos comerciantes. Por isso, jogava por somas elevadas, inexorável, odiando-se, desprezando o bom-senso. Ganhava ou desperdiçava milhares de moedas, perdia joias, perdia uma casa de campo, tornava a ganhar, a perder. Aquele medo, o receio terrível, angustiante, que o acossava enquanto lançava os dados, preocupado com o enorme valor da parada, aquele pavor irresistível – Sidarta adorava-o, procurava renová-lo uma e outra vez, intensificá-lo mais e mais, levá-lo ao auge, porquanto era unicamente essa sensação que ainda lhe proporcionava algo parecido com a felicidade, um quê de inebriamento, uma fagulha de elevação em meio à vida saturada, preguiçosa, insípida. E após uma perda vultosa, invariavelmente intentava obter novos tesouros.

Entregava-se ao comércio com redobrado afã. Com severidade sempre maior, obrigava os devedores a resgatarem suas dívidas, uma vez que desejava prosseguir jogando, esbanjando, manifestando seu menosprezo à riqueza. Chegava a irritar-se quando a má sorte o perseguia. Mostrava-se impaciente com pagadores morosos. Já não tinha a antiga generosidade para com os mendigos. Abandonara o prazer que antes sentia ao dar ou emprestar dinheiro a quem o implorasse. O mesmo Sidarta que jogava fora dez mil moedas numa só jogada e ainda se ria do prejuízo, tornava-se mais e mais duro, mais e mais mesquinho nos negócios. De noite, acontecia-lhe sonhar com o dinheiro! E cada vez que o abominável feitiço se desfazia, cada vez que, ao examinar seu rosto no espelho da alcova, o encontrava envelhecido e desfigurado, cada vez que o acossavam o asco e a vergonha, voltava ele a fugir, a refugiar-se novamente na jogatina, a entregar-se outra vez no aturdimento da volúpia, do vinho, e, saindo dele, a obedecer de novo aos instintos que o mandavam ganhar fortunas e acumular tesouros. Na insensatez desse círculo vicioso, afadigava-se, desgastava-se, estragava sua saúde.

Certa noite, um sonho serviu-lhe de admoestação. Acabava de passar a tarde em companhia de Kamala, no lindo parque da mulher. Haviam conversado, sentados ao pé de uma árvore, e Kamala proferira algumas frases pensativas. Atrás de suas palavras escondiam-se a mágoa e a lassidão. Pedira a Sidarta que lhe falasse de Gotama. Não se cansara de ouvir o que o companheiro lhe contava a seu respeito, descrevendo a pureza do olhar do Buda, a calma e a beleza de sua boca, a bondade de seu sorriso, o sossego de seu andar. Por muito tempo, insistira com Sidarta para que lhe narrasse particularidades acerca do Augusto. Com um suspiro, dissera Kamala:

– Um belo dia, talvez daqui a pouco, também aderirei a esse Buda. Darei meu parque de presente a ele e tomarei refúgio na doutrina de Gotama.

Em seguida, porém, provocara o desejo de Sidarta. Atraíra-o a si no jogo amoroso, com fervor e ao mesmo tempo com aflição, mesclando mordidas e lágrimas, como se quisesse tirar dos prazeres fúteis, efêmeros, a última gota de doçura. Jamais Sidarta percebera com tamanha clareza a afinidade que existe entre a volúpia e a morte. Depois quedara-se ao lado de Kamala, e sob os olhos da amada, nas comissuras de sua boca, deparara-se-lhe, nítida como nunca antes, aquela escritura fatídica, de pequenas linhas, de rugas ligeiras, uma escritura a evocar a ideia de outono e de velhice. E, de fato, o próprio Sidarta, apenas entrado na casa dos 40, também já notara alguns fios brancos em meio à cabeleira negra. O formoso rosto de Kamala revelava cansaço, aquela fadiga que acomete a quem tenha dado uma longa caminhada, sem destino promissor; revelava cansaço, o começo do declínio, a angústia secreta, ainda não professada, talvez nem sequer consciente, o medo da velhice, o medo do outono, o medo da morte inevitável. Entre suspiros, Sidarta despedira-se da amiga com a alma cheia de desgosto e de ocultos temores.

Mas, a seguir, passara a noite em casa, tomando vinho e contemplando bailarinas. Perante os comensais, fingira aquela superioridade que já cessara de existir. Bebera muito. Bastante tarde, depois da meia-noite, recolhera-se a seu leito, exausto e todavia excitado, a ponto de chorar e de se desesperar. Por longas horas procurara em vão conciliar o sono, com o coração a transbordar de mágoas que lhe pareciam insuportáveis, de náuseas que o transiam como o gosto fastidioso, repugnante, do vinho, como a música insossa, adocicada, como o sorriso demasiado meigo das dançarinas, como a fragrância excessivamente forte de seus seios e penteados. Mas muito mais que todo o resto, causavam-lhe asco sua própria pessoa, os cabelos perfumados, o bafo de vinho que sua boca exalava, a flacidez e o mal-estar de sua pele. Assim como um homem empanturrado de comida e bebida prefere os espasmos do vômito aliviador, assim desejava Sidarta, nessa noite de insônia, lançar para fora de si, num imenso jato de enjoo, aqueles prazeres, aqueles hábitos, aquela vida absurda e livrar-se de si mesmo.

Não conseguira adormecer senão de madrugada, quando na rua, em frente à sua casa na cidade, já começavam as primeiras atividades. Foi nesse instante que teve um sonho.

Numa gaiola de ouro, Kamala guardava um passarinho canoro, muito raro. A visão do bichinho apareceu diante de Sidarta. O pássaro, que normalmente cantava nas primeiras horas do dia, parecia mudo. Como esse fato lhe chamasse a atenção, ele aproximou-se da gaiola e viu que o passarinho jazia no chão, morto, enrijecido. Retirou-o; por um momento, segurou-o na mão e, em seguida, atirou-o na calçada da rua. Mas logo se assustou terrivelmente. O coração doía-lhe como se houvesse jogado fora não só o cadáver da ave, como também tudo quanto fosse bom e tivesse valor.

Despertou bruscamente. Sentia-se invadido de profunda tristeza. Atormentava-o a impressão de ter levado uma existência vil, miserável, insensata. O que lhe sobrava não tinha nem vida, nem encanto. Não valia a pena guardá-lo. Via-se isolado, desprovido de tudo, qual náufrago atirado a uma praia erma.

Cismando sombriamente, encaminhou-se a um dos jardins que lhe pertenciam. Fechou a porta à chave. Sentou-se à sombra de uma mangueira. Era-lhe como se a morte tivesse tomado conta de seu coração. Com pavor na alma, sentado, imóvel, percebia que algo morria nele, definhando, acercando-se do fim. Aos poucos, conseguia concentrar os pensamentos. Espiritualmente, tornou a percorrer todo o caminho de sua existência, desde os primeiros dias de que se lembrava. Já se sentira, por acaso, realmente feliz? Invadira-o, alguma vez, a sensação de verdadeira alegria? Ah, sim, isso se dera diversas vezes. Em sua meninice, saboreara tal dita sempre que os brâmanes lhe tributavam elogios ou quando ele, garoto mais precoce os que seus coetâneos, se distinguia na recitação dos poemas sagrados, nos debates travados com os eruditos e no serviço dos sacrifícios. Nessas ocasiões, tivera certeza, no fundo da alma, de que à sua frente estendia-se o caminho de sua vocação e os deuses aguardavam sua chegada. E mais tarde, na adolescência, quando a meta cada vez mais fugaz, cada vez mais elevada, de todas as suas meditações o afastara do grupo de seus competidores e o colocara numa categoria superior, naqueles dias em que se atormentava no empenho de descobrir o significado do *Brama*, quando cada conhecimento obtido apenas provocava nele nova sede, sentira, por sedento, por dolorido que andasse, sempre esse mesmo impulso: "Avante! Avante! Tu és eleito!" Essa voz íntima, ele ouvira no momento em que abandonara o lar paterno e escolhera a vida de *samana* e, novamente, ao separar-se dos *samanas*, a fim de dirigir-se ao Homem Sublime, e ainda quando dele se apartara para tomar rumos incertos. Quanto tempo não decorrera sem que a voz secreta ressoasse em seu íntimo, sem que ele galgasse altura alguma? Como se tornara plano e desinteressante o caminho que trilhava, fazia muitos anos, sem perseguir nenhum objetivo grandioso, sem sede nem exaltação, saturado e, todavia, insaciável! Durante todos esses anos, inconscientemente se esforçara, ansiara por ser uma criatura igual às demais, igual àqueles tolos e, apesar disso, levara uma vida muito mais triste, muito mais pobre que eles, que tinham propósitos e preocupações diferentes. Todo aquele mundo dos Kamasvamis afigurava-se-lhe como um mero brinquedo, num bailado que se contempla, uma comédia. Somente Kamala lhe fora cara, só ela possuía valor – mas isso também não mudara? Tinha ele ainda necessidade dela? Ou ela dele? Não se dedicavam ambos a um jogo sem fim? Era esse um desígnio para o qual se precisasse viver? Não, nunca! Esse jogo chamava-se *Sansara*,* um brinquedo para criança,

**Sansara:* as vicissitudes do mundo, da vida e da morte da existência humana; a instabilidade e a efemeridade das coisas; a agitação do mundo; a vaidade e a inquietude da vida humana. (*N. do T.*)

agradável talvez para quem o usasse uma vez, duas, dez vezes. Mas para que recomeçá-lo sempre?

Nesse instante, Sidarta deu-se conta de que o jogo terminara, de que jamais poderia voltar a fazer parte dele. Um calafrio perpassou seu corpo. Sentiu que algo acabava de morrer em sua alma.

Durante todo esse dia permaneceu sentado ao pé da mangueira, recordando-se do pai, de Govinda, de Gotama. Fora realmente necessário que ele os abandonasse para converter-se num Kamasvami? Ainda se mantinha sentado quando caiu a noite. Enquanto levantava os olhos e deparava com as estrelas, pensou: "Aqui estou, ao pé de minha mangueira, em meu jardim." E esboçou um leve sorriso, ao ponderar se era necessário, importante e certo, e não apenas um brinquedo tolo, possuir uma mangueira e um jardim.

Resolutamente, pôs fim àquele estado de coisas. Também aquilo cessara de viver em seu coração. Ergueu-se do chão. Despediu-se da árvore, despediu-se do parque. Já que nesse dia se abstivera de todos os alimentos, sentia-se acossado por uma fome violenta. Vieram-lhe à memória a casa na cidade, a alcova, o leito, a mesa posta. Com um sorriso fatigado, sacudiu-se para desembaraçar-se de tudo aquilo.

Nessa mesma noite, Sidarta abandonou seu jardim. Saiu da cidade e nunca mais voltou. Kamasvami, que acreditava que o sócio tivesse sido raptado por salteadores, mandou fazer prolongadas investigações. Kamala, porém, não empreendeu nenhuma busca. Ao ser informada do desaparecimento de Sidarta, nem mesmo se admirou. Não soubera ela sempre que isso um dia aconteceria? Não era ele um *samana*, um homem sem raízes, um peregrino? E não fora na última tarde que passaram juntos que, à dor que lhe causava a perda, regozijava-se por tê-lo apertado ao peito com tanto ardor, naquela hora derradeira, para que Sidarta mais uma vez a possuísse e a penetrasse inteiramente.

Quando lhe comunicaram que ele sumira, acercou-se da janela, onde mantinha preso numa gaiola de ouro um pássaro raro. Abriu a portinha, retirou a ave e permitiu-lhe que escapasse. Por muito tempo, acompanhou com os olhos o passarinho que esvoaçava. Desse dia em diante, não mais recebeu visitas. Mantinha cerrada sua casa. Depois de algumas semanas, porém, verificou que estava grávida em consequência do último contato com Sidarta.

4
À beira do rio

Sidarta caminhava pela floresta, já muito longe da cidade. Tinha certeza de uma única coisa: que nunca mais poderia voltar atrás, que essa vida que levara por muitos anos pertencia ao passado, definitivamente, que a saboreara, chupando até a última gota, até enjoar. O pássaro canoro com o qual sonhara estava morto. Morto estava o pássaro que cantara no âmago de sua alma. Por todos os lados, enredara-se no *Sansara*. Impregnara-se completamente de nojo e de morte, assim como uma esponja absorve a água, até ficar cheia. Sentia-se abarrotado de desânimo, de mal-estar, de agonia. Em todo o vasto mundo já não existia nada que o pudesse atrair, que fosse capaz de causar-lhe alegria e de trazer-lhe conforto.

O que ele almejava mais que tudo era não saber nada que lhe dissesse respeito, era encontrar sossego, estar morto. Oxalá que um raio se abatesse sobre ele, matando-o! Quem lhe dera que um tigre o devorasse! Ah, se houvesse um vinho, um veneno que conseguisse atordoá-lo! Existia, por acaso, alguma sordidez com que ele se não houvesse poluído, alguma tolice, algum pecado, que se tivesse omitido de cometer, algum vazio da alma jamais experimentado por seu espírito? Seria possível ainda continuar a viver, aspirar o ar uma e outra vez, expeli-lo novamente, sentir fome, comer, dormir, deitar-se ao lado de uma mulher? Não se haviam esgotado as variantes do circuito? Ainda não estaria alcançando o fim de tudo isso?

Sidarta chegou ao grande rio, que passa pela selva, o mesmo rio que um balseiro o ajudara a transpor quando o então jovem vinha da cidade habitada por Gotama. Ali se deteve. Indeciso, permanecia de pé, à beira d'água. Estava debilitado pela fome e pelo cansaço. Para que prosseguir na caminhada? Em que direção? Com que destino? Não, já não o aguardava nenhum destino. Nada mais havia a não ser o profundo e doloroso desejo de livrar-se daquele pesadelo confuso, vomitar esse vinho nojento, acabar com tal vida miserável, ignominiosa.

Por cima da ribeira inclinava-se uma árvore, um coqueiro. Sidarta encostou o ombro na madeira. Agarrando-se ao tronco, cravou os olhos nas verdes águas que corriam lá embaixo, incessantemente. Almejava de todo coração desprender-se, afogar-se naquele rio, em cuja superfície se espelhava um vazio tremendo, qual reflexo do pavoroso vazio de sua alma. Sim, ele, Sidarta, estava no fim. Não se lhe descortinava outra solução que não a de extinguir-se a si mesmo, de quebrar o malogrado molde de sua existência, de jogar os cacos fora, bem longe, aos pés dos deuses que zombavam dele. Sentia que esse era o momento do grande vômito pelo qual ansiara: a morte, a dilapidação da forma odiada! Que os peixes devorassem o corpo de Sidarta, desse cão, desse louco, que engolissem esse cadáver depravado, pobre, essa alma langorosa, violentada! Quem lhe dera ser comido por peixes e crocodilos, ser dilacerado pelos demônios!

Com o rosto enrugado, fitava as águas. Contemplou a sua fisionomia no espelho e cuspiu nela. Terrivelmente fatigado, soltou a árvore. Empertigou-se um pouco, a fim de lançar-se numa queda vertical que o levasse ao ocaso definitivo. Com os olhos cerrados, deixou-se cair, rumo à morte.

Nesse momento, um som começou a vibrar nele, vindo de longínquas regiões de sua alma, de épocas passadas da existência gasta. Era uma única palavra, uma só sílaba que ele pronunciou inconscientemente, em voz insegura. Era a velhíssima palavra inicial e final de todas as orações do bramanismo, o sagrado *Om*, que significa *o Perfeito* ou *a Perfeição*. E logo que ouviu o *Om* a ressoar em seu íntimo, seu espírito, bruscamente acordado do sono, percebeu a estupidez do ato que ele ia cometer.

Estremeceu. Então chegara àquele extremo; perdera-se a tal ponto; andara tão alucinado, tão néscio, que chegara a almejar a morte, permitindo que aquela ânsia, aquele desejo próprio de uma criança crescesse nele. Quisera encontrar sossego ao exterminar o próprio corpo. O que todos os tormentos daqueles últimos tempos, todas as desilusões, todo o desespero não haviam conseguido fazer, produzia-se naquele instante, quando o *Om* penetrava em sua consciência: em meio a sua miséria e a seus equívocos, reconheceu-se a si mesmo.

– *Om!* – disse para si mesmo.

E, ao mesmo tempo, voltava-lhe o conhecimento do *Brama*, da indestrutibilidade da vida, das coisas divinas de que se esquecera.

Mas tudo isso durou apenas um instante, era como um raio. Estendeu-se ao pé do coqueiro, prostrado pelo cansaço. Murmurando a palavra *Om*, deitou a cabeça na raiz da árvore e entregou-se a um sono profundo.

Dormiu calmamente, sem sonhar. Havia muito que não repousava assim. Ao despertar, depois de várias horas, parecia-lhe que dez anos tinham decorrido. Ouvia o suave marulhar das águas. Não sabia onde estava e quem o levara até aquele lugar. Abrindo os olhos, viu, pasmado, as árvores e o céu por cima da cabeça. Lembrou-se então da ribeira onde se achava e de como chegara até ela. Contudo, careceu de algum tempo para dar-se conta disso. Era-lhe como se o passado estivesse envolvido num véu, infinitamente distante, infinitamente remoto, desprovido de importância. Apenas tinha certeza de ter abandonado sua existência precedente, a qual, no primeiro momento de recuperação dos sentidos, se lhe afigurava como uma encarnação longínqua, uma jornada anterior de seu *eu* atual; recordava-se também da intenção de jogar fora a vida, num acesso de asco e desgosto e, finalmente, lembrava-se de que recuperara a consciência de si mesmo à beira de um rio, sob um coqueiro, para em seguida pegar no sono, com a sagrada palavra do *Om* nos lábios. Ao acordar, nesse instante, olhava o mundo como um recém-nascido. Em voz baixa proferiu novamente o *Om*, assim como fizera ao adormecer, e teve, assim, a impressão de que todo aquele sono prolongado não passava de uma longa e ininterrupta sequência de *Oms* pronunciados por ele, de uma penetração no *Om*, de uma fusão completa com o Perfeito, o Inominado.

Que sono maravilhoso! Jamais sono algum o refrescara tanto. Nunca se sentira tão novo, tão rejuvenescido. Ou, quem sabe, talvez tivesse morrido, perecendo, para ressuscitar logo depois sob um aspecto diferente? Mas não! Ele reconhecia a si mesmo; reconhecia as mãos, os pés, o lugar onde se encontrava; reconhecia esse *eu* no âmago, esse Sidarta, homem teimoso, esquisitão. E, todavia, era um Sidarta modificado, renovado, surpreendentemente refeito, desperto, alegre, curioso.

Soerguendo-se, viu à frente um vulto sentado. Era um estranho, um monge de trajes amarelos, com a cabeça raspada, na posição de quem medita. Sidarta olhou o homem, que não tinha cabelo nem barba, e não necessitou de muito tempo para verificar que o monge era Govinda, seu amigo de infância, o mesmo Govinda que procurara agasalho na proximidade do augusto Buda. Também Govinda envelhecera, mas seu rosto tinha ainda os mesmos traços que revelavam zelo, lealdade, busca, angústia. Mas quando Govinda, sentindo-se observado, abriu os olhos, notou Sidarta que o amigo não o identificara. Govinda parecia satisfeito em vê-lo acordado. Evidentemente estivera ali sentado, fazia muito tempo, a aguardar que o desconhecido despertasse.

– Dormi – disse Sidarta. – Como chegaste a este lugar?

– Dormiste, sim – respondeu Govinda. – É perigoso dormir nesta região, onde há cobras em abundância e as feras da selva passam pelos caminhos. Eu, meu senhor, sou um discípulo do sublime Gotama, o Buda, o Saquia-Muni. Ao fazer uma peregrinação, ao longo desta estrada, descobri-te e percebi que estavas dormindo num lugar onde não convém descansar. Por isso, procurei acordar-te e, como percebi que teu sono era bem profundo, separei-me dos companheiros para ficar a teu lado.

Mas parece-me que eu mesmo adormeci, em vez de velar por ti. Desincumbi-me muito mal de minha missão. A fadiga tomou conta de mim. Mas agora que despertaste, permite que me afaste, para que possa alcançar meus irmãos.

– Agradeço-te, ó *samana*, teres vigiado meu sono – disse Sidarta. – Vós, os discípulos do Augusto, sois muito gentis. Pois, então, podes ir-te, se assim o quiseres.

– Vou-me embora, meu senhor. Que tua saúde continue boa.

– Obrigado, *samana*.

Com um sinal de despedida, Govinda acrescentou:

– Adeus.

– Adeus, Govinda – disse Sidarta.

O monge estacou.

– Permites-me a pergunta, meu senhor: de onde conheces meu nome?

Sidarta sorriu.

– Conheço-te, ó Govinda, de quando moravas na cabana de teu pai e de quando frequentavas a escola dos brâmanes e participavas dos sacrifícios, e de quando nos reunimos com os *samanas*, e daquela hora, no bosque Jetavana, em que procuraste agasalho na proximidade do Sublime.

– Então és Sidarta! – exclamou Govinda. – Agora te reconheço e não compreendo por que não o fiz logo. Sejas bem-vindo, Sidarta. Folgo muito em reencontrar-te.

– Também eu gosto de estar novamente contigo. Vigiaste meu sono. Mais uma vez te agradeço, se bem que não necessitasse de nenhum vigia. Aonde vais, meu amigo?

– Não tenho rumo certo. Nós, os monges, vagueamos sempre pela região, a não ser na estação das chuvas. Vamos de um lugar a outro, vivendo segundo o ritual, propagando a doutrina, pedindo esmolas e prosseguindo em nossa jornada. Sempre e sempre. E tu, Sidarta, aonde vais?

Respondeu Sidarta:

– Comigo acontece a mesma coisa, meu amigo. Ando sem rumo. Apenas vou caminhando. Sou um peregrino.

– Afirmas que és um peregrino – tornou Govinda –, e acredito em tuas palavras. Mas, Sidarta, não leves a mal o que te digo: não tens a aparência de um peregrino. Usas as roupas dos ricos; calças sapatos que convêm a um cavalheiro distinto; e teu cabelo que cheira a água perfumada não se parece com o de um *samana* peregrino.

– Perfeitamente, meu caro, observaste tudo muito bem. Teus olhos são deveras perspicazes. No entanto, não asseverei ser um *samana*. Disse apenas que sou um peregrino. E assim é de fato: encontro-me numa peregrinação.

– Então, és um peregrino – replicou Govinda. – Mas pouca gente faz romarias com trajes, sapatos e penteados dessa qualidade. Eu, que há muitos anos vivo peregrinando, nunca vi um peregrino igual a ti.

– Disso não duvido, amigo Govinda. Mas justamente hoje topaste com um peregrino diferente, que veste roupas e calça sapatos de outra espécie. Não te esqueças, meu querido: o mundo das configurações altera-se a cada instante. Perecíveis, sumamente perecíveis são nossos trajes e os penteados dos cabelos, assim como também os próprios cabelos e corpos. Eu uso as roupas de um homem rico, nisso tens razão. Uso-as porque fui rico e ando penteado como os pândegos e mundanos, uma vez que fiz parte deles.

– E agora, ó Sidarta, que és agora?

– Não sei. Ignoro-o da mesma forma que tu. Apenas vou caminhando. Tenho sido um ricaço, mas cessei de sê-lo. Não faço nenhuma ideia do que serei amanhã.

– Perdeste tua fortuna?

– Perdi-a ou talvez ela tenha perdido a mim. Minha fortuna sumiu. A roda das configurações gira depressa, amigo Govinda. Onde ficou o brâmane Sidarta? E o *samana* Sidarta? E onde está o ricaço Sidarta? As coisas efêmeras mudam rapidamente, meu caro Govinda. Bem o sabes.

Por muito tempo, Govinda fitou o amigo de infância. Seu olhar expressava dúvida. Em seguida, saudou-o como se saúda um cavalheiro distinto e foi-se embora.

Sempre sorrindo, Sidarta seguiu-o com os olhos. Ainda o amava, a esse homem leal, sempre preocupado. De resto, como poderia ter deixado de amar o que quer que fosse, pessoas ou objetos, nesse momento exato, nessa hora magnífica, após o sono milagroso, quando se sentia inteiramente penetrado de *Om*? Justamente nisso consistia o feitiço que tomara conta dele, através da palavra sagrada, e fazia com que ele sentisse amor a tudo e se enchesse de ternura para com todas as coisas que se lhe deparassem. E tinha a impressão de que a grave doença de que sofrera até poucas horas antes manifestara-se precisamente na incapacidade de amar nada e ninguém.

Ainda sorridente, Sidarta prosseguiu acompanhando com o olhar o monge que se afastava. O sono fortalecera-o consideravelmente. Mas, nesse momento, a fome torturava-o muito. Fazia dois dias que não comia e os tempos em que estava acostumado a abster-se de alimentos pertenciam a um passado remoto. Melancolicamente, e todavia com uma risada jovial, recordou-se daquela época distante. Veio-lhe à memória que perante Kamala gabara-se de saber realizar três coisas, de dominar três artes, nobres, insuperáveis: jejuar, esperar, pensar. Isso representava tudo o que então possuía. Servira-lhe de esteio sólido. Dera-lhe força e poder. Nos anos duros, laboriosos, de sua juventude, Sidarta assimilara essas três artes, só elas. Mas depois as perdera. A essa altura, nenhuma delas pertencia-lhe: nem a arte de jejuar, nem a de esperar, nem a de pensar. Ele as trocara pelo que havia de mais vil e de mais efêmero no mundo, pelo prazer dos sentidos, pela vida amena, pelos bens materiais! Realmente, o que lhe acontecera era curioso. Ao fim de tudo isso, assim lhe parecia, tornara-se de fato um tolo como os outros homens.

Refletiu sobre sua situação. O ato de pensar causava-lhe dificuldade. No fundo, nem sequer gostava de fazê-lo. Mas com algum esforço, conseguiu-o.

"Pois então" – pensou –, "já que todas aquelas coisas passageiras me escorregaram por entre as mãos, acho-me novamente sob o sol, sozinho, como nos dias de infância. Nada possuo, nada sei fazer, nada posso realizar, nada aprendi. Não é mesmo estranho? Agora, que já não sou nenhum jovem, que meus cabelos já ficaram bem grisalhos, que minhas forças diminuem, volto à estaca zero, lá onde estive em criança!" Mais uma vez, esboçou um sorriso. Sim, seu destino era deveras singular. Ele ia abaixo e novamente se encontrava nesta terra totalmente vazio, tolo, desamparado. Mesmo assim, sentia-se incapaz de afligir-se por isso. Antes, pelo contrário, tinha vontade de dar uma gargalhada, de rir-se de si, de zombar desse mundo esquisito, estúpido.

"Tu vais mesmo abaixo!" – disse para si mesmo, soltando uma risada, e, ao pronunciar essas palavras, fixou a vista no rio. Via que também o rio ia abaixo, sempre abaixo, sem que, todavia, cessasse de murmurar sua alegre cantiga. Isso lhe agradava. Olhou o rio com um sorriso, como a um amigo. Eram essas realmente as mesmas águas nas quais quisera afogar-se outrora, fazia cem anos, ou acontecera aquilo apenas num sonho?

"A vida que levei foi deveras curiosa" – pensou – "e conduziu-me por caminhos estranhamente tortuosos. Quando menino, só tive que lidar com deuses e sacrifícios. Quando adolescente, preocupei-me exclusivamente com o ascetismo, com a filosofia, com a meditação, indo em busca do *Brama* e reverenciando o que há de eterno no *Átman*. Quando jovem, porém, acompanhei os penitentes; morei na selva; suportei o frio e o calor; aprendi a aguentar a fome; mortifiquei meu corpo. A seguir, ocorreu-me o maravilhoso encontro com a doutrina do grande Buda e, através dela, cheguei ao conhecimento; senti que a percepção da unidade do Universo circulava em mim como meu sangue. Mas coube-me abandonar também o Buda e sua sublime sabedoria. Fui até Kamala e graças a ela enfronhei-me nas delícias do amor; com Kamasvami, estudei o comércio; acumulei dinheiro, esbanjei dinheiro; habituei-me a adorar meu estômago e a adular meus sentidos. Era preciso que eu vivesse assim por longos anos, sacrificando meu espírito, esquecendo a arte de pensar, olvidando a unidade. Não parece de fato que, lentamente, trilhando estradas sinuosas, transformei-me de homem a criança e de filósofo a tolo? E, todavia, acho que esses desvios me fizeram um grande bem. O pássaro que antigamente cantava em meu peito não morreu ainda. Mas que jornada extraordinária! Careci passar por tamanha insensatez, por tantos vícios e erros, por um sem-número de desgostos, desilusões, tristezas, só para voltar a ser criança e para começar de novo. E apesar de tudo isso, fiz bem agindo dessa forma. Meu coração está de acordo e meus olhos enxergam aquilo com prazer. Coube-me em sorte o pior desespero. Foi necessário que me degradasse até o mais estúpido de todos os propósitos e pensasse no suicídio, para que me acontecesse a graça, para que eu ouvisse novamente o *Om*, para que me fosse dado dormir com calma e acordar refeito. Tive de pecar para que pudesse tornar a viver. Aonde me levará agora meu destino? Meu caminho parece louco; faz curvas, talvez me conduza num círculo fechado. Seja como for, vou segui-lo!"

Sentiu-se tomado de um bem-estar indizível.

"Donde, ó meu coração" – perguntou a si mesmo – "veio-te tamanha alegria? Só daquele sono benéfico, prolongado, que tanto me refrescou? Ou da palavra *Om* que pronunciei? Ou do fato de eu ter logrado escapar, transformar essa fuga em realidade definitiva, voltar à liberdade, viver como uma criança sob o vasto céu? Ah, como me faz bem essa fuga, essa liberdade reconquistada! Como é belo e puro o ar que aqui se respira! Naquela casa de onde me evadi, tudo recendia a escândalo, especiarias, vinho, abundância, preguiça! Como não odiei esse mundo dos ricaços, dos comilões, dos jogadores! Quanto não detestei a mim mesmo por ter permanecido por anos ali, naquele ambiente pavoroso! Assim me prejudiquei, privei-me, intoxiquei-me, maltratei-me, tornei-me velho e maldoso. Não, ao contrário do que outrora gostava de imaginar, nunca mais terei a veleidade de ser um sábio! Mas uma coisa me saiu bem e até me causa prazer. Estou contente que esse ódio com que me persegui chegou ao fim, da mesma forma que aquela vida insensata, enfadonha, que levei! Felicito-te, ó Sidarta, por teres novamente uma ideia sensata, após tantos e tantos anos de tolice, por teres realizado uma ação proveitosa. Ouviste o canto do pássaro no fundo do coração e obedeceste a ele!"

Assim, elogiava a si próprio. Sentia-se satisfeito consigo mesmo. Com manifesta curiosidade, escutava os resmungos do estômago acossado pela fome. Percebia nitidamente que, no decorrer dos meses e dos dias que acabavam de passar, esvaziara até a última gota a taça da tristeza e do desgosto, para, em seguida, vomitar o conteúdo amargo, numa convulsão de desespero e morte. Estava bem assim. Ter-lhe-ia sido possível permanecer por muito tempo ainda ao lado de Kamasvami, ganhando e desperdiçando dinheiro, cevando o ventre e permitindo que sua alma morresse de sede. Talvez tivesse ele continuado a habitar aquele inferno suave, confortável, se não lhe houvesse acontecido aquele momento de extrema desesperança, de completo desânimo, aquele momento derradeiro, quando, à beira das águas torrentosas, estivera disposto a suicidar-se. O fato de ele ter experimentado tal sensação de profundo desalento, de asco total, sem sucumbir a ela, o fato de terem sobrevivido em seu íntimo o pássaro, a fonte de alegria, esse fato alegrava-o, tornava-o risonho, fazia com que seu rosto, sob a cabeleira grisalha, irradiasse júbilo.

"Que bom" – assim pensou – "provar tudo quanto se necessita conhecer! Em criança, aprendi que a riqueza e os prazeres mundanos não nos trazem nenhum proveito. Há muito tempo sabia disso, mas somente agora cheguei a assimilar essa sabedoria. Hoje me compenetrei dela. Possuo-a não só na memória, senão nos olhos, no coração, no estômago. É uma bênção ter-se essa certeza."

Por horas a fio, meditava acerca da transformação que nele se produzira. Com atenção, escutava a voz alegre do pássaro que cantava em sua alma. Mas como? Aquele bichinho não estava morto? E a dor que ele, Sidarta, sentira por seu desaparecimento? Ora, o que morrera em seu íntimo era outra coisa, algo que havia muito desejava ser exterminado. Não era precisamente aquilo que ele quisera extinguir no ardor dos anos de penitência? Não era a própria personalidade, o *eu* mesquinho, angustiado, orgulhoso, com o qual travara uma luta de longos anos, que uma e outra vez triunfara sobre ele, que sempre ressuscitara, por mais que ele o abatesse, que lhe vedara a felicidade e lhe incutira o medo? O que encontrara a morte, até que enfim, nessa selva, na ribeira desse belo rio, não seria justamente esse *eu*? E não o reconduzirá essa mesma morte ao estado de criança, inspirando-lhe plena fé, livrando-o de qualquer temor, enchendo-o de júbilo?

Nesse instante, Sidarta começava a vislumbrar o motivo por que não conseguira vencer aquele *eu*, nem como brâmane, nem como penitente. O que o impedira fora o excesso de erudição, de versículos sagrados, de rituais, de sacrifícios, de ascetismo, de atividades e de ambições. Sempre se pavoneara com altivez; sempre quisera ser o mais inteligente, o mais zeloso; sempre se empenhara em tomar a dianteira; sempre se exibira nos papéis de sábio, de intelectual, de sacerdote, de filósofo. Nesse sacerdócio, nessa altivez, nessa erudição, infiltrava-se seu *eu*; ali se arraigara, crescera, enquanto ele, Sidarta, acreditava tê-lo aniquilado por meio de jejuns e mortificações. A essa altura, porém, redescobriu-o e também percebeu que a voz secreta tivera razão e que nenhum mestre jamais teria sido capaz de salvá-lo. Por isso, fora inevitável que ele se encaminhasse para o mundo para perder-se na busca de prazeres, de poder, de mulheres, de dinheiro, e que se tornasse, sucessivamente, comerciante, jogador de dados, beberrão e avarento, até que o sacerdote e o *samana* que nele houvera estivessem mortos. Por isso, coubera-lhe em sorte suportar todos aqueles anos sórdidos, suportar o nojo, o vazio, o absurdo de uma existência fastidiosa, inútil, até o fim, até a amargura do desespero, até que o patusco Sidarta e o sovina Sidarta pudessem morrer de uma vez. E eles estavam mortos, realmente! Um Sidarta renovado despertava do sono. Também ele envelheceria, também ele teria de falecer um dia. Sidarta era efêmero, como efêmeras seriam quaisquer configurações. Nesse dia, porém, o novo Sidarta sentia-se jovem, era criança outra vez, estava cheio de alegria.

Eis os pensamentos que lhe vinham ao espírito. Sorrindo, prestava atenção às queixas do estômago. Com sincera gratidão, ouvia os zumbidos de uma abelha. Satisfeito, contemplava a torrente do rio. Nunca água alguma lhe agradara tanto como aquela. Em nenhum outro momento se lhe haviam comunicado de modo tão claro e lindo a voz e o símbolo do curso das águas. Parecia-lhe que o rio lhe revelava algum segredo especial, alguma coisa ignota, que ainda o aguardasse. Nesse rio, quisera afogar-se. Nesse rio, submergia o velho, o exausto, o desesperado Sidarta. Mas o novo Sidarta, tomado de profundo amor a essas águas que lá corriam, resolvia não se separar delas por muito tempo.

5
O balseiro

"Hei de permanecer junto a esse rio!" – pensou Sidarta. – "É o mesmo que atravessei quando ia me juntar aos homens tolos. Naquela ocasião, um balseiro simpático me transportou. Vou procurá-lo. De sua cabana partia então o caminho que me conduziu a uma vida nova, a qual, por sua vez, já ficou velha e morreu. Que também dessa vez meu caminho e minha existência atual, renovada, comecem ali!"

Carinhosamente, olhou a torrente das águas, o verde transparente, as linhas cristalinas de seu desenho misterioso. Notou que do fundo subiam pérolas luminosas, que na superfície flutuavam silenciosas bolhas de ar, que o espelho refletia o azul do céu. Com milhares de olhos fitava-o o rio, olhos verdes, brancos, diáfanos, cerúleos. Como ele adorava aquelas águas! Estava encantado por elas. Sentia-se grato. Notava que em seu coração a voz tornava a falar. Despertada do sono, dizia-lhe: "Ama as águas! Não te afastes delas! Aprende o que te ensinam!" Ah, sim! Ele queria aprender com elas, queria escutar sua mensagem. Quem entendesse a água e seus arcanos – assim lhe parecia – compreenderia muitas outras coisas ainda, muitos mistérios, todos os mistérios.

Nesse dia, porém, deparou-se com apenas um único entre os arcanos do rio, e este lhe abalou a alma. Viu que a água corria, corria, corria sempre e, contudo, estava lá, ininterruptamente, era sempre, a cada instante, a mesma e, no entanto, se renovava sem cessar. Como explicar isso? Quem lhe dera desvendar esse mistério! Sidarta não o compreendia, não encontrava a resposta. Somente sentia que, no íntimo, vibravam intuições vagas, reminiscências distantes, divinas.

Pôs-se de pé. Os espasmos que a fome provocava nas entranhas tinham-se tornado insuportáveis. Num estado de enlevo, prosseguiu sua caminhada, subindo a senda que acompanhava a ribeira. Enquanto ia em direção contrária à corrente do rio, escutava os murmúrios das águas e os resmungos do ventre faminto.

Quando chegou ao trapiche, encontrou a embarcação a sua espera. Nela se achava o mesmo balseiro que outrora transportara o jovem *samana* através do rio. Sidarta reconheceu-o, embora o homem também tivesse envelhecido consideravelmente.

– Queres levar-me ao outro lado? – perguntou.

O balseiro, admirado de ver uma pessoa tão distinta andar sozinha e a pé, recebeu-o na embarcação e em seguida iniciou a travessia.

– É linda a vida que escolheste – disse o passageiro. – Deve causar-te prazer viver sempre nas proximidades dessa água e navegá-la todos os dias.

O remador balançava-se, sorrindo:

– Dá prazer, realmente – respondeu. – É assim como dizes. Mas não são todas as vidas, todas as profissões igualmente lindas?

– Pode ser que sejam. Mas eu invejo a tua.

– Ora, depois de pouco tempo, te cansarias dela. Ela não serve para gente bem-vestida.

Sidarta deu uma risada.

– Essa já é a segunda vez, no dia de hoje, que alguém repara em minhas roupas e por causa delas me olha com desconfiança. Que tal, ó balseiro, não queres aceitá-las, de presente, uma vez que elas se tornaram odiosas? Convém que saibas que não tenho dinheiro para pagar-te a passagem.

– Estás brincando, meu prezado senhor – disse o balseiro, rindo-se.

– Não brinco, meu amigo. Olhe, em outra ocasião, já me transportaste em tua balsa através desse rio e também o fizeste de graça. Faze-o mais uma vez hoje e recebe minhas roupas como recompensa!

– E tu continuarias a viagem sem roupas, meu mestre?

– Ora, eu até gostaria de não prosseguir minha jornada. Para mim seria melhor que tu, ó balseiro, me desses uma tanga velha e me guardasses aqui, a teu lado, como teu ajudante, ou melhor: teu aprendiz. Pois preciso ainda aprender como se maneja a embarcação.

Por muito tempo, o balseiro contemplou o estranho, procurando recordar-se.

– Agora te reconheço – disse, finalmente. – Dormiste certa vez em minha cabana, faz muito tempo, talvez mais de 20 anos. Transpuseste o rio comigo e despedimo-nos um do outro como bons amigos. Não eras um *samana*? Já não me lembro de teu nome.

– Chamo-me Sidarta. Era *samana* quando me viste a última vez.

– Pois, então, sê bem-vindo, ó Sidarta. Chamo-me Vasudeva. Espero que sejas meu hóspede também hoje. Dormirás em minha choupana e, em seguida, hás de contar-me de onde vens e por que te desgostaste de tuas belas roupas.

Metade da travessia estava feita. Vasudeva remava com redobrado vigor, a fim de vencer a força da corrente. Trabalhava com toda a calma, mexendo os braços musculosos e mantendo o olhar fixo na extremidade da embarcação. Sidarta, sentado nas tábuas, observava-o. Vinha-lhe à memória que naquele outro dia, o último de sua fase de *samana*, também se sentiu tomado de viva simpatia por aquele homem. Com sincera gratidão, aceitou o convite de Vasudeva. Quando atracaram, ajudou-o a amarrar a balsa nas estacas. A seguir, o balseiro pediu-lhe que entrasse na cabana, onde lhe ofereceu pão e água. Sidarta comeu com apetite e serviu-se com evidente prazer das mangas que Vasudeva lhe trazia.

Depois da refeição, ao pôr do sol, sentaram-se num tronco de árvore, à beira do rio. Sidarta contou ao balseiro onde se criara e falou-lhe da vida, tal como se lhe deparara nesse mesmo dia, na hora do pior desespero. A narração prolongou-se até altas horas da noite.

Vasudeva escutou-o com muita atenção. Tudo quanto dizia encontrava eco em sua alma, a origem e a infância, as aprendizagens, as buscas, as alegrias, as tristezas. Entre as boas qualidades do balseiro, uma das maiores era saber ouvir como ninguém. Sem que o outro quebrasse o silêncio, notava Sidarta que Vasudeva acolhia todas as palavras no íntimo, sempre se conservando atento, imóvel, receptivo, sem perder nenhuma frase, sem nunca impacientar-se. O balseiro limitava-se a ouvir o que lhe comunicava seu interlocutor. Não lhe tributava elogios nem censuras. E Sidarta sentia a bênção que representa o ensejo de confessar-se a um ouvinte daquele quilate e de poder abrigar num coração acolhedor a própria vida, com todas as ambições e todos os sofrimentos.

Mas pelo fim da narrativa de Sidarta, quando este descrevia a árvore na ribeira, a queda profunda e o efeito do sagrado *Om*, quando contava como, ao acordar do sono, sentira aquele caloroso apego ao rio, o balseiro ouviu-o com dupla atenção, conservando os olhos fechados e abandonando-se inteiramente às palavras de seu hóspede.

E quando Sidarta se calou, houve um longo silêncio. Finalmente, disse Vasudeva:

– As coisas passaram-se exatamente como eu pensara. O rio falou contigo. É teu amigo também. Dirige-se também a ti. Que bom que seja assim, que bom! Fica comigo, Sidarta, meu companheiro! Em outros tempos tive uma mulher. Seu leito achava-se ao lado do meu. Mas faz muitos anos que ela faleceu.

Há tempos vivo sozinho. Daqui em diante, tu viverás aqui comigo. Há espaço e comida para nós dois.

– Eu te agradeço – respondeu Sidarta. – Eu te agradeço e aceito teu convite. E também te fico grato, ó Vasudeva, por teres escutado tão bem o que te contei. São muito raros os homens que saibam escutar, e ainda não encontrei nenhum que dominasse essa arte com tamanha perfeição. Também nesse ponto serei teu aprendiz.

– Hás de aprender isso – replicou Vasudeva –, porém não de mim. Quem me ensinou a escutar foi o rio e ele será teu mestre também. O rio sabe tudo e tudo podemos aprender com ele. Olha, há mais uma coisa que a água já te mostrou: que é bom descer, abaixar-se, procurar as profundezas. O rico e nobre Sidarta converte-se num remador; o erudito brâmane Sidarta torna-se balseiro. Também isso te sugeriu o rio. O resto, ele te ensinará ainda.

– O que é o resto, Vasudeva?

O balseiro levantou-se:

– Já é muito tarde – respondeu. – Vamos dormir. Não posso dizer o que é o resto, meu amigo. Um dia, hás de aprendê-lo ou talvez já o saibas. Olha, eu não sou nenhum erudito. Não sei falar. Nem sequer sei pensar. Apenas sei escutar e ser piedoso. Outra coisa não aprendi. Se eu fosse capaz de explicar e ensinar, talvez me tivesse tornado um sábio, mas, assim, não passo de um balseiro, ao qual cabe transportar as pessoas ao longo do rio. Muita gente fez a travessia comigo, milhares de homens, provavelmente, para todos eles o rio representava apenas um estorvo, a atrasar a viagem. Andavam atrás de dinheiro ou de negócios, encaminhavam-se a casamentos, faziam peregrinações. O rio opunha-se a eles e o balseiro tinha a incumbência de ajudá-los a vencer o mais depressa possível o obstáculo. Mas houve alguns entre esses milhares, uns poucos, quatro ou cinco talvez, para os quais o rio cessou de ser um estorvo. Escutaram sua voz, prestaram atenção ao que ele dizia, e o rio se tornou sagrado para eles, assim como chegou a ser para mim. E agora vamos recolher-nos, ó Sidarta.

Sidarta permaneceu na casa do balseiro. Aprendeu a manejar a balsa e, quando faltava serviço, trabalhava no arrozal, ao lado de Vasudeva, ou juntava lenha, ou mesmo colhia as frutas das bananeiras. Aprendia como fabricar um remo, como consertar uma embarcação, como fazer um balaio e alegrava-se com todos esses conhecimentos novos. Rapidamente se escoavam dias e meses. Contudo, muito mais do que Vasudeva pudesse ensinar-lhe, ensinava-lhe o rio. Sem cessar, Sidarta aprendia com ele. Antes de mais nada, aperfeiçoava-se na arte de escutar, de prestar atenção, com o coração quieto, com a alma receptiva, aberta, sem paixão, sem desejo, sem preconceito, sem opinião.

Convivia com Vasudeva em estreita amizade. Às vezes, ambos trocavam palavras, poucas palavras ponderadas com bastante antecedência. Vasudeva não gostava de falar muito e somente em raras ocasiões deixava-se induzir a uma conversa.

– Dize-me se o rio também te comunicou o misterioso fato de que o tempo não existe? – perguntou-lhe Sidarta, certa vez.

O rosto de Vasudeva iluminou-se num vasto sorriso.

– Sim, Sidarta – respondeu. – Acho que te referes ao fato de que o rio se encontra ao mesmo tempo em toda a parte, na fonte tanto como na foz, nas cataratas e na balsa, nos estreitos, no mar e na serra, em toda a parte, ao mesmo tempo; de que para ele há apenas o presente, mas nenhuma sombra de passado nem de futuro. Não é isso que queres dizer?

– Isso mesmo – tornou Sidarta. – E quando me veio essa percepção, contemplei minha vida, e ela também era um rio. O menino Sidarta não estava separado do homem Sidarta e do ancião Sidarta, a não ser por sombras, porém, nunca por realidades. Tampouco eram passado os nascimentos anteriores de Sidarta, como não fazia parte do porvir sua morte, com o retorno ao *Brama*. Nada foi, nada será; tudo é, tudo tem existência e presente.

Sidarta falava com entusiasmo, sentindo profunda felicidade em face dessa iluminação. Ah, sim! Todo o sofrimento pertencia ao tempo, da mesma forma que todos os receios e tormentos com que as pessoas afligiam a si próprias. Todas e quaisquer dificuldades, tudo quanto houvesse de hostil no mundo sumiria, cairia derrotado, logo que o homem triunfasse sobre o tempo, logrando arredá-lo pelo pensamento. Sidarta falava como que enlevado. Vasudeva, radiante, sorria para ele, confirmando, às vezes, as palavras do companheiro com um sinal de cabeça, porém, conservando-se em silêncio. Apenas acariciava com a mão o ombro de Sidarta. Em seguida, voltou a seu trabalho.

Em outra oportunidade, na época das chuvas, quando o rio estava cheio e rugia terrivelmente, disse Sidarta:

– O rio tem muitas vozes, um sem-número de vozes, não é, meu amigo? Não te parece que ele tem a voz de um rei e a de um guerreiro, a voz de um touro e a de uma ave noturna, a voz de uma parturiente e a de homem que suspira, e inúmeras outras ainda?

– Tens razão – respondeu o balseiro. – Em sua voz concentram-se as vozes de todas as criaturas.

– E tu – continuou Sidarta – sabes identificar a palavra que ele dirige a ti, sempre que consegues ouvir simultaneamente todas as dezenas de milhares de suas vozes?

A fisionomia de Vasudeva irradiava satisfação. Inclinando-se para o amigo, sussurrou-lhe no ouvido o sagrado *Om*. Era exatamente isso o que Sidarta ouvira também.

Dia a dia, seu sorriso assemelhava-se mais ao do balseiro, chegando, quase, a irradiar a mesma luminosidade, a resplandecer de quase igual ventura, a luzir, tal e qual o do companheiro, nas milhares de ruguinhas; era o sorriso de uma criança e de um ancião também. Muitos viajantes, ao avistarem os dois balseiros, tomavam-nos por irmãos. Frequentemente, Sidarta e Vasudeva permaneciam sentados no tronco da árvore, junto à ribeira. Calados, escutavam o que lhes segredava a água, a qual, para eles, não era apenas água, senão a voz da vida, a voz da Existência, a voz do eterno Devir. E, de quando em quando, sucedia que um e outro, prestando atenção aos murmúrios do rio, pensavam na mesma coisa, num colóquio mantido dois dias antes, com um de seus passageiros, cuja aparência ou cujo destino por algum motivo os preocupasse, na morte ou na infância, como também ocorria sempre que o rio lhes confiava uma boa-nova, entreolharem-se ambos, com pensamentos idênticos, contentes de terem recebido a mesma resposta à mesma pergunta.

Da embarcação dos dois balseiros partia algum fluido que certos viajantes notavam. Havia ocasiões em que um passageiro, após ter examinado o semblante de um dos remadores, começava a narrar os acontecimentos de sua vida, falando de suas tristezas ou confessando más ações. Havia ocasiões em que uma pessoa lhes pedia licença para ficar em sua companhia por uma tarde, a fim de estudar o que o rio murmurava. Em outras ocasiões ainda, aparecia gente curiosa que ouvira falar de dois sábios, ou bruxos, ou ainda santos, que viviam numa choupana, nas proximidades da balsa. Os indiscretos faziam numerosas perguntas, sem receber respostas, e não encontravam nem bruxos nem sábios, senão apenas dois velhotes bonachões, que pareciam mudos e um tanto esquisitos ou abobados. E os indiscretos, rindo-se, comentavam entre si com que leviandade e credulidade o povo espalhava boatos dessa espécie.

Decorriam os anos, sem que ninguém os contasse. Certo dia, porém, chegaram alguns monges peregrinos, adeptos do Buda e que desejavam atravessar o rio. Deles souberam os balseiros que o grupo ia ter, a toda pressa, com seu grande mestre, já que se espalhara a notícia de que o Augusto, acometido de doença fatal, corria perigo de passar em breve por sua derradeira morte, para, em seguida, encontrar a redenção. Pouco depois, vinha outro grupo de monges e ainda outro. Tanto os peregrinos como os demais viajantes e andarilhos só falavam de Gotama e de sua morte iminente. E assim como as pessoas acorrem de todos os lados, quais formigas, quando se trata de uma guerra ou da coroação de um rei, assim se encaminhava toda essa multidão, como que atraída magicamente, ao lugar onde o grande Buda aguardava sua hora final, àquele lugar onde se produziria o tremendo acontecimento da glorificação do mais perfeito de todos os seres.

Nesses dias, Sidarta amiudadamente recordava o sábio moribundo, o grande mestre cuja voz exortara os povos e despertara centenas de milhares de homens, essa voz que ele mesmo ouvira em outra hora. Evocava o sagrado rosto que então contemplara reverentemente. Devotava ao Venerável pensamentos amistosos. Com um sorriso, trazia à memória as palavras que ele, quando jovem, dirigira ao Sublime. Parecia-lhe que se tratara de palavras arrogantes, presunçosas, que nesse momento apenas o faziam sorrir. Havia muito que percebera que nada o separava de Gotama, cuja doutrina, contudo, não lhe fora possível aceitar. Não, o verdadeiro buscador, aquele que realmente se empenhasse em achar algo, jamais poderia submeter-se a nenhuma doutrina. Mas quem tivesse encontrado alguma solução seria capaz de aprovar toda e qualquer doutrina, todos os caminhos e objetivos, já que nada mais o distanciaria dos milhares de outros homens que viviam na Eternidade e impregnavam-se do Divino.

Certo dia, em meio a muitos outros peregrinos que rumavam em direção ao Buda agonizante, vinha também Kamala, que em tempos passados fora a mais bela de todas as cortesãs. Havia muito que renunciara àquele tipo de vida. Dera seu parque de presente aos monges de Gotama e procurara agasalho na doutrina do Augusto. Fazia parte das amigas e benfeitoras dos peregrinos. Ao receber a notícia da morte iminente do Buda, vestira roupas simples e pusera-se a caminho, acompanhada do menino Sidarta, seu filho. Junto com ele, chegara ao rio. A criança, cansada pela marcha, queria voltar para casa. Pedia comida. Insistia em que repousassem. Teimava e choramingava. Kamala via-se forçada a parar frequentemente. O garoto estava acostumado a impor-lhe sua vontade. Era preciso que ela lhe preparasse refeições, que o consolasse ou ralhasse com ele. O pequeno não compreendia por que a mãe o obrigara a empreender essa peregrinação laboriosa, melancólica, rumo a um lugar desconhecido, para terem com um homem estranho, que era um santo e do qual se dizia que estava a ponto de morrer. Que então morresse de uma vez! Isso não tinha nenhuma importância para o menino.

Os romeiros já se encontravam nas proximidades da balsa de Vasudeva, quando a criança mais uma vez conseguiu que a mãe interrompesse a jornada para descansarem. A própria Kamala também se sentia fatigada. Enquanto o filhinho mastigava uma banana, a mulher acocorou-se no chão e, fechando os olhos, repousou por um instante. Mas, de repente, soltou um grito doloroso. O garoto, que a olhou, assustado, notou que seu rosto estava pálido de terror. De sob o vestido de Kamala escapava uma pequena serpente preta, que acabava de mordê-la.

Imediatamente, ambos correram pela estrada, a fim de procurar quem lhes acudisse. Acercaram-se da balsa, em cujas proximidades Kamala caiu ao solo, incapaz de prosseguir na caminhada. O menino pôs-se a chorar miseramente. Entre gritos, abraçava e beijava a mãe, que também pedia socorro a altos brados. Finalmente, o clamor chegou aos ouvidos de Vasudeva, que se achava perto do ancoradouro. Ele acorreu depressa. Levantando a mulher, carregou-a até a balsa. O menino acompanhou-os e, pouco depois, todos alcançaram a choupana onde Sidarta, junto ao braseiro, estava ocupado em acender o lume. Ao erguer o rosto, deparou logo com o menino, que despertou nele reminiscências esquisitas, como que fazendo voltar um passado remoto. Em seguida, avistou Kamala. Reconheceu-a logo, ainda que ela tivesse desmaiado nos braços do balseiro. Nesse instante, percebeu que o garoto, cuja fisionomia evocara nele apenas recordações intensas, era seu filho e o coração de Sidarta começou a agitar-se no peito.

Lavaram a ferida, mas esta já se tornara enegrecida. O ventre de Kamala estava inchado. Deram-lhe uma poção, que fez com que recuperasse os sentidos. Achava-se deitada na cama de Sidarta, na cabana, e ele permanecia a seu lado, inclinando-se para a mulher que fora seu grande amor. Kamala tinha a impressão de que tudo aquilo era um sonho. Sorrindo, fitava o rosto do amigo e apenas lentamente dava-se conta de sua situação. Ao lembrar-se da mordida da serpente, chamou o menino.

– Ele está contigo. Não te preocupes – acalmou-a Sidarta.

Kamala contemplou-o. Começou a falar, com a língua pesada pelo veneno:

– Envelheceste, meu caro – disse. – Ficaste grisalho. Mas te pareces com o jovem *samana* que certa vez entrou em meu jardim vestindo apenas uma tanga em farrapo, com os pés cobertos de poeira. Hoje és muito mais semelhante a ele do que eras naquele dia em que abandonaste a mim e a Kamasvami. A semelhança está nos olhos, ó Sidarta. Ai de mim! Eu também envelheci. Fiquei velha. Dize-me se conseguiste reconhecer-me!

Sidarta sorriu:

– Reconheci-te logo, minha querida Kamala.

Ela apontou para o menino.

– Reconheceste a ele também? É teu filho.

Sua vista turvou-se. Ela fechou os olhos. O menino chorava. Sidarta sentou-o no colo. Deixou que ele continuasse com suas lamentações. Acariciou-lhe os cabelos e, enquanto mirava o rostinho infantil, veio-lhe à memória uma prece brâmane que ele mesmo aprendera outrora, em tempos de criança. Cantarolando devagarzinho, pôs-se a recitá-la. As palavras emergiam como que vindas do passado e da infância. Pelo efeito da cantiga monótona, o garoto sossegou. Apenas dava, de vez em quando, um soluço. Finalmente adormeceu. Sidarta deitou-o na cama de Vasudeva. O balseiro estava perto do braseiro, cozinhar o arroz. Sidarta lançou-lhe um olhar, que o outro devolveu com um suave sorriso.

– Ela vai morrer – disse Sidarta baixinho.

Vasudeva fez que sim. O clarão do fogo iluminava-lhe a fisionomia bondosa.

Mais uma vez, Kamala voltou ao estado de consciência. Seu rosto crispava-se de tanta dor. Os olhos de Sidarta liam o sofrimento nas comissuras da boca e nas faces lívidas. Liam-no silenciosamente, participando dos tormentos. Kamala percebia-o, e seus olhos procuravam os do homem.

Fitando-o, disse, então:

– Agora noto que também teus olhos mudaram. Ficaram totalmente diferentes. E, contudo, reconheço que ainda és Sidarta. Por quê? Tu és e não és Sidarta.

Ele conservou-se calado. Calmamente, seus olhos miravam os de Kamala.

– Alcançaste tua meta? – perguntou ela. – Encontraste a paz?

Ele lhe sorriu, pousando a mão na mão da amiga.

– Encontraste, sim. Vejo-o – disse ela. – Eu também a acharei.

– Já a achaste – murmurou Sidarta.

Kamala cravou os olhos em seu rosto. Lembrou-se de que tencionara ir em romaria até onde estivesse Gotama, a fim de ver o rosto de um ser perfeito, de imbuir-se em sua paz. Em vez do Buda, descobrira Sidarta, e, nesse momento, verificou que estava benfeito e, se tivesse chegado a ver aquele outro, não seria melhor. Queria dizê-lo ao amigo, mas a língua já não obedecia a sua vontade. Olhou-o em silêncio e Sidarta observou que a vida nos olhos da amiga se apagava aos poucos. Quando o derradeiro espasmo os reanimara por um instante, para, em seguida, extingui-los definitivamente, quando as últimas convulsões haviam cessado de sacudir-lhe os membros, o dedo de Sidarta fechou as pálpebras de Kamala.

Por muito tempo quedou-se sentado junto ao leito, contemplando o rosto da defunta. Por muito tempo mirou-lhe a boca, essa boca envelhecida, fatigada, com os lábios encolhidos Lembrou-se de que, na primavera de sua vida, comparara-a a um figo recém-cortado. Por muito tempo permaneceu ali, a decifrar o que lhe revelava o semblante lívido, com as rugas traçadas pelo esgotamento. Imbuía-se daquela visão

Imaginava-se a si próprio a jazer assim, igualmente exangue, igualmente extinto, e ao mesmo tempo lhe voltavam à memória os dois rostos, o seu e o dela, ambos jovens, de lábios rubros, de olhos ardorosos. Inteiramente o penetrava a sensação do presente e da simultaneidade, a sensação da eternidade. Nessa hora, Sidarta percebeu claramente, com maior nitidez do que nunca, que toda a vida é indestrutível e cada instante, eterno.

Quando se levantou, encontrou o arroz que Vasudeva preparara para ele. Mas Sidarta não comeu nada. No estábulo, onde guardavam a cabra, os dois anciãos estenderam palha e Vasudeva recolheu-se. Sidarta, porém, saiu. Passou a noite em frente da choupana, a escutar os murmúrios do rio, envolto pelo passado, e todas as fases de sua vida rodeavam-no, desfilavam conjuntamente diante dele. Apenas se erguia, de vez em quando, a fim de aproximar-se da porta da cabana, para ver se o menino continuava dormindo.

De madrugada, ainda antes do nascer do sol, Vasudeva saiu do estábulo. Acercou-se do companheiro.

– Não pregaste olho – disse.

– Não, Vasudeva. Fiquei aqui a escutar a voz do rio. Ele me contou muita coisa. Incutiu-me uma ideia saudável, a ideia da unidade.

– Ocorreu-te uma desgraça, mas vejo, ó Sidarta, que nenhuma tristeza entrou em teu coração.

– Não, meu caro, por que deveria eu estar triste? Eu, que já andava rico e feliz, agora me tornei mais rico, mais feliz ainda. Meu filho me foi dado de presente.

– Que teu filho seja bem-vindo, de minha parte também. Mas, Sidarta, temos de trabalhar. Vamos! Há muito que fazer. Kamala morreu no mesmo leito onde outrora morreu minha mulher, e, na mesma colina onde incinerei seu corpo, construiremos a fogueira para Kamala.

Enquanto o garoto prosseguia dormindo, ambos empilharam as achas da fogueira.

6
O filho

Tímido, com lágrimas nos olhos, o menino assistia ao funeral da mãe. Sombrio, arisco, ouvia as palavras de Sidarta, quando este o tratava de filho e lhe dava as boas-vindas na choupana de Vasudeva. Com o rosto pálido, o pequeno passava dias inteiros junto à sepultura da defunta. Recusava-se a comer. Franzia o cenho. Mantinha o coração inacessível. Obstinava-se, revoltado contra o destino.

Sidarta não insistia com ele. Respeitava-lhe o luto e deixava-o fazer o que queria. Compreendia muito bem que o garoto não o conhecia e por isso não podia amá-lo como a um pai. Pouco a pouco, porém, dava-se conta de que aquele rapazinho de 11 anos era uma criança mimada, apegada à mãe, criada na opulência, acostumada a comer pratos finos, a dormir numa cama fofa e a mandar nos serviçais. Via que uma pessoa entristecida, habituada ao luxo, simplesmente não podia conformar-se de um dia para o outro com a pobreza e com um ambiente estranho. Não lhe impunha seus desejos. Frequentemente fazia o trabalho que cabia ao filho e sempre lhe oferecia os melhores bocados. Esperava conquistá-lo lentamente, pela paciência e pela gentileza.

Qualificara a si mesmo de rico e feliz quando o menino começara a morar em seu lar. Mas o tempo passava e o menino continuava sombrio e renitente, mostrando-se sempre teimoso e altivo. Não queria absolutamente trabalhar. Não demonstrava menor respeito aos dois anciãos. Pilhava o pomar de Vasudeva. Eis que Sidarta começou a compreender que o filho não lhe trouxera ventura e paz, senão mágoas e preocupações. E, todavia, o amava. Preferia mágoas e carinhosas preocupações à felicidade e às alegrias de que gozara antes da chegada do garoto.

Desde que o jovem Sidarta passara a conviver com eles na cabana, os velhos haviam distribuído entre si as fainas cotidianas. Vasudeva tornara a tomar conta da balsa, sozinho, ao passo que Sidarta se dedicava ao trabalho nos campos e às lides domésticas, a fim de ficar perto do filho.

Por muito tempo, meses a fio, Sidarta prosseguiu esperando que o menino o compreendesse, que aceitasse seu amor, que talvez o retribuísse. Meses a fio, Vasudeva nutria a mesma esperança. Aguardava em silêncio, observando o pai e o filho. Certa vez, quando o menino Sidarta mais uma vez magoara o pai com sua obstinação e seus caprichos, chegando a quebrar propositadamente duas tigelas de arroz, Vasudeva aproveitou a noite para falar com o amigo em separado.

– Não me leves a mal – disse – que eu trate dessas coisas. Faço-o como teu amigo. Vejo como te atormentas. Noto que andas tristonho. Meu caro, teu filho te preocupas, e, a mim, me preocupa também. Aquele passarinho está acostumado a viver outra vida, num ninho diferente. Não abandonou a riqueza e a cidade por tédio e nojo, como tu o fizeste. Teve de largar tudo isso a contragosto. Olha, meu amigo, já consultei o rio. Consultei-o muitas vezes. Mas ele limita-se a rir, rir de mim, de mim e de ti também, dá gargalhadas em face de nossa tolice. A água corre para a água. A juventude procura a juventude. Teu filho não se encontra no lugar que lhe convém. Seria bom se tu também consultasses o rio. Fazes o que ele te sugerir.

Emocionado, Sidarta examinou o rosto do amigo, esse rosto em cujas inúmeras rugas se escondia inalterável serenidade.

– Mas serei capaz de separar-me dele? – respondeu em voz baixa. – Concede-me mais um pouco de tempo, meu caro! Estás vendo como luto, como me esforço por conquistar o coração do menino pelo carinho, pela paciência, pela doçura. É assim que quero aliciá-lo. Tomara que o rio um dia dirija sua palavra também a ele. Esse menino tem a mesma vocação que nós.

O sorriso de Vasudeva tornou-se ainda mais caloroso.

– Ah, sim! Também ele tem vocação. Também ele é parte da vida eterna. Mas que sabemos nós, tu e eu, do destino que o aguarda, do caminho que lhe caberá trilhar, das ações que ele deverá realizar e dos sofrimentos que o acometerão? Os desgostos que lhe estão reservados não serão pequenos, uma vez que o coração desse rapaz é duro e altivo. Pessoas de sua espécie têm de padecer muitas amarguras, já que erram frequentemente, cometem graves pecados e carregam muita culpa na consciência. Dizes-me uma coisa, meu amigo: não dás nenhuma educação a teu filho? Não lhe impões tua vontade? Não o surras nunca? Não o castigas?

– Não, Vasudeva, não faço nada disso.

– Pois é! Não o obrigas a nada; não bates nele; não lhe dás nenhuma ordem porque sabes que a meiguice é mais forte que a dureza e a água mais forte que o rochedo. Muito bem! Aprovo tua conduta. Mas não te enganas a ti mesmo, quando pensas que não exerces coação alguma sobre ele e não lhe infliges nenhum castigo? Não o agrilhoas por teu carinho? Não o humilhas todos os dias e ainda lhe amarguras a vida, graças a tua bondade e paciência? Não obrigas esse menino soberbo, mimado, a viver numa cabana junto com dois velhos comedores de bananas, para os quais o arroz já representa um quitute e cujo coração gasto, sereno, pulsa em outro ritmo que o dele? Não resulta tudo isso em constrangimento e punição?

Consternado, Sidarta baixou os olhos.

Em seguida, murmurou:

– Que achas que devo fazer?

E Vasudeva tornou:

– Leva-o à cidade. Deixa-o na casa que pertencia à mãe. Ali haverá ainda alguns criados aos quais poderás entregá-lo. E se não houver mais ninguém, procura um professor para ele, não por causa do ensino, mas para que a criança possa conviver com outros garotos e com as meninas, num ambiente que lhe convier. Nunca pensaste nessa solução?

– Espiaste o fundo de meu coração – respondeu Sidarta melancolicamente. – Muitas vezes, pensei nisso. Mas olha! Como posso abandonar ao mundo esse menino, em cuja alma não há nenhuma ternura? Não se tornará ele um presunçoso? Não se perderá em prazeres e ambições de poder? Não repetirá todos os erros do pai? Não se extraviará irremediavelmente no *Sansara*?

O rosto do balseiro iluminou-se num sorriso radiante. Acariciou delicadamente o braço de Sidarta e disse:

– Consulta o rio a esse respeito, meu amigo! Não estás ouvindo como ele se ri? Achas realmente que cometeste tuas tolices, a fim de poupá-las a teu filho? Julgas-te capaz de proteger o pequeno contra o *Sansara*? De que modo? Por meio de ensinamentos, de preces, de admoestações? Ora, meu querido, esqueceste por completo uma história que me contaste aqui mesmo, em outra ocasião; a edificante história de um filho de brâmane que se chamava Sidarta? Quem resguardou esse Sidarta do *Sansara*, do pecado, da avareza, da insensatez? A piedade do pai, as exortações dos mestres, a própria erudição, as pesquisas que ele fazia: nada disso conseguiu servir-lhe de esteio. Que pai, que mestre poderia evitar que Sidarta vivesse sua vida sujando-se com ela, caindo em culpa e bebendo sozinho a poção amarga, antes de descobrir seu caminho pelas próprias forças? Pensas, meu caro, que alguém possa escapar à busca desse caminho? Talvez teu filhinho, porque o amas e deseja isentá-lo de mágoas, dores e desilusões? Mas mesmo que morras por ele dez vezes, não lograrás alterar nada do destino que o aguarda!

Nunca na vida Vasudeva falara tanto. Sidarta agradeceu-lhe calorosamente. Acabrunhado, entrou na cabana. Por muito tempo, não conciliou o sono. Vasudeva não lhe dissera nada que ele mesmo não soubesse, que não lhe tivesse preocupado o espírito uma e outra vez. Mas o que esse saber lhe aconselhava era inexequível. Mais forte que o saber era o amor ao menino, era a ternura paterna e o medo de largar o filho. Jamais lhe ocorrera perder-se a tal ponto por alguma coisa, dedicar tamanho amor a criatura alguma, entregar-se tão cegamente, tão dolorosa, tão inutilmente, e apesar disso, com tanta alegria?

Sidarta era incapaz de seguir o conselho do amigo. Não podia separar-se do filho. Permitia que este lhe desse ordens. Suportava-lhe o desdém. Permanecia calado, a esperar. Diariamente, reiniciava a silenciosa luta da gentileza, a guerra surda da paciência. Também Vasudeva conservava-se mudo, limitando-se a observá-los com bondade, prudência e tolerância. Em matéria de paciência, os dois anciãos eram mestres.

Certa vez, quando a fisionomia do rapaz lhe recordava mais que nunca a de Kamala, Sidarta lembrou-se subitamente de uma frase que ela lhe dissera, havia muito tempo, nos dias de sua mocidade: "Tu não sabes amar" – afirmara ela, e Sidarta lhe dera razão. Então se comparara com um astro e qualificara os homens tolos de folhas mortas. E, todavia, sentira que aquela frase continha um quê de censura. Realmente, nunca lhe fora possível abandonar-se, entregar-se por inteiro a outra criatura, a ponto de esquecer-se de si mesmo e de cometer bobagens por amor de outrem. Nunca, nunca pudera agir dessa forma e, como lhe parecia naquele instante, era essa a grande diferença que o apartava dos homens tolos. Mas desde que surgira o filho, também ele, Sidarta, transformara-se num homem tolo, que sofria por causa de outra pessoa, que se agarrava a um ente querido, que andava perdido de amor, que, em razão dessa afeição, se convertera num imbecil. A essa altura, acometia-o, embora tardiamente, pela primeira vez na vida, aquela paixão, a mais forte, a mais estranha de todas, fazendo-o sofrer, sofrer miseramente e, mesmo assim, deixando-o sumamente feliz, dando-lhe a impressão de estar renovado e enriquecido.

Certamente, percebia Sidarta, esse amor, esse abandono cego ao filho, não passava de uma paixão, que havia nela algo muito humano, que era *Sansara*, fonte turva, água sombria. Mas ao mesmo tempo sabia muito bem que aquilo tinha valor, era necessário, emanava de seu próprio ser. Cabia-lhe expiar também essa delícia, saborear também esses tormentos, cometer também essas tolices.

O filho, por sua vez, permitia que o pai se comportasse estupidamente. Tolerava que o velho se empenhasse em conquistá-lo. Humilhava-o diariamente por seus caprichos. Aquele pai não tinha nada que o encantasse e ainda menos que lhe inspirasse temor. Era um homem bondoso, o tal pai, um bonachão meigo e brando. Podia ser que fosse um homem muito piedoso, talvez um santo. Mas nenhuma dessas qualidades era suscetível de atrair um menino. Enfadonho, sim, parecia-lhe aquele pai, que o mantinha preso àquela mísera cabana. Sidarta entediava-o, e o fato de ele retribuir a traquinice pelo sorriso, o insulto pela gentileza, a maldade pelo carinho era precisamente o que se afigurava ao menino como o cúmulo da odiosa astúcia peculiar de um ancião hipócrita. O filho teria preferido mil vezes ser ameaçado ou maltratado pelo pai.

O dia chegou em que se evidenciou a antipatia. Em furiosa explosão, o jovem Sidarta revoltou-se abertamente contra o velho. Este acabava de dar-lhe uma ordem. Mandara-o ajuntar gravetos. Mas o garoto não saiu da cabana. Recalcitrante e irado, conservava-se onde estava, batendo o pé, cerrando os punhos e terminando por lançar na cara do pai um verdadeiro jato de abominação e desprezo.

– Vai buscar teus gravetos sozinho! – gritou, espumando de raiva. – Não sou teu escravo. Sei muito bem que tu, com tua piedade e indulgência, apenas tencionas castigar-me e amesquinhar-me. Queres que me torne igual a ti, tão devoto, tão meigo e também tão sábio. Mas, escuta: só para magoar-te, quero antes ser assassino e salteador de estrada! Melhor ir ao inferno do que ser como tu! Detesto-te. Tu não és meu pai, mesmo que tenhas dormido dez vezes com minha mãe!

Transbordando de cólera e desgosto, investiu contra o pai com centenas de palavras ofensivas e maldosas. Em seguida, afastou-se correndo e somente voltou de tardinha.

Na manhã seguinte, porém, desapareceu. Junto com ele sumiu uma cestinha trançada de vime colorido, na qual os balseiros costumavam guardar as moedas de prata ou cobre que haviam recebido dos passageiros. Logo depois, os velhos verificaram a falta da embarcação. Sidarta viu que ela se encontrava nas proximidades da outra ribeira. O menino fugira.

– Preciso ir atrás dele – disse Sidarta, que desde a cena do dia anterior tremia de emoção e tristeza. – Não é possível que uma criança assim ande sozinha pela selva. O menino há de perecer ali. Construamos uma jangada, ó Vasudeva, para atravessarmos o rio.

– Pois não, vamos construir uma jangada – respondeu Vasudeva. – Assim recuperaremos a balsa que o garoto surripiou. Mas quanto a ele mesmo, meu amigo, melhor seria que o deixasses escapulir. Ele já não é criança. Sabe defender-se. Teu filho procura o caminho que o conduza à cidade e faz muito bem; não te esqueças disso! Ele apenas faz o que te omitiste fazer. Cuida de ti mesmo. Segue tua própria rota. Ah, Sidarta, vejo como sofres. E, todavia, padeces de dores que merecem ser tidas como ridículas. Tu mesmo te rirás delas daqui a pouco.

Sidarta permaneceu calado. Já possuía nas mãos o machado e se punha a armar uma jangada de bambu. Vasudeva ajudou-o a atar os troncos com cordas de junco. Em seguida, passaram-se para o outro lado. A corrente levou-os para longe. Quando alcançaram a ribeira, tiveram de sirgar a jangada rio acima.

– Por que trouxeste o machado? – perguntou Sidarta.

– Pode ser que o remo se tenha extraviado – respondeu Vasudeva.

Mas Sidarta não ignorava o que pensava o amigo. Vasudeva queria dar a entender que o menino talvez tivesse quebrado ou jogado fora o remo, a fim de vingar-se ou de impedir que o seguissem. E, realmente, na balsa não se encontrava remo algum. Vasudeva apontou para ela, olhando o companheiro com um leve sorriso, como se quisesse dizer: "Não estás compreendendo que teu filho te pede que não o sigas?" No entanto, não enunciou tal pensamento por palavras expressas. Em vez disso, começou a fabricar outro remo. Sidarta, porém, despediu-se dele, a fim de ir à procura do filho. Vasudeva tampouco se opôs a essa tentativa.

Depois de ter errado por muito tempo pela selva, Sidarta percebeu que suas buscas eram improfícuas. Ou – assim raciocinava – o menino já chegou à cidade ou, se ainda estivesse a caminho, esconder-se-ia de seu perseguidor. Ao refletir mais maduramente, deu-se conta de que no fundo não se preocupava com filho, uma vez que no âmago do coração tinha certeza de que este nem pereceria, tampouco corria perigo na floresta. Mesmo assim, caminhava sem cessar e já não o fazia na intenção de salvar o garoto, senão exclusivamente para, quiçá, revê-lo pela última vez. Assim avançou passo a passo até as portas da cidade.

Quando se achava na larga avenida de entrada, estacou junto à grade do belo parque que antes pertencera a Kamala. Era o mesmo lugar onde, outrora, a vira pela primeira vez, naquela suntuosa liteira. Em seu espírito, ressuscitava o passado. Voltou-lhe a visão de si mesmo, do jovem *samana* hirsuto, desnudo, com a cabeleira coberta de poeira. Por muito tempo, quedou-se contemplando o jardim, através do portão aberto, e observando os monges de batinas amarelas a passear à sombra das belas árvores.

Horas a fio, ficava assim, a meditar, a evocar imagens, a escutar a história de sua vida. Horas a fio, conservava-se imóvel espiando os religiosos. Em lugar deles, a imaginação fazia surgir à mente o jovem Sidarta e a jovem Kamala, a perambularem sob as árvores altas. Nitidamente lhe vinha à memória aquela hora em que Kamala o acolhera em sua casa, em que ele recebera o primeiro beijo. Recordava-se claramente da altivez e do desdém com que então considerara sua posição de brâmane e da ambição soberba com que iniciara sua existência mundana. Visionava Kamasvami e a criadagem; rememorava os festins, os jogos de dados, os músicos; revia o passarinho de Kamala na gaiola; tornava a viver todas aquelas experiências, impregnando-se de *Sansara*, voltando a ser velho e cansado, provando mais uma vez a amargura do asco, sentindo de novo o desejo de extinguir-se a si mesmo e, finalmente, reencontrando a cura graças ao sagrado *Om*.

Depois de ter-se demorado longamente nas proximidades do portão do parque, percebia a tolice da ânsia que o arrastara até aquele lugar. Compreendia que não podia ser útil ao filho e não devia apegar-se a ele. No fundo do coração doía-lhe feito ferida o amor ao fugitivo. Mas, ao mesmo tempo, notava que essa ferida lhe fora aplicada não para que ele a alargasse, senão para que a transformasse numa flor a abrir-se magnificamente.

Entristecia-o a circunstância de que, a essa hora, a corola ainda não tivesse desabrochado em todo o seu esplendor. No lugar da almejada meta que o atraíra até aquele sítio em busca do filho, encontrava-se apenas o vazio. Melancolicamente, acocorou-se no chão. Sentia que, no coração, algo estava morrendo. Já não enxergava nem alegria nem objetivo. Mantinha-se absorto na meditação, entregue à espera. Era isso, essa única coisa que aprendera do rio: a faculdade de aguardar, de ter paciência, de escutar. E assim prosseguia escutando, agachado, na poeira da estrada. Espreitava o ritmo do coração, como pulsava, tristonho, fatigado. Ansiava por uma voz. Por longas horas, conservara-se assim, à espera de algo que lhe fosse dado ouvir. Já não tinha visões. Mergulhava no vazio. Abandonava-se à queda, sem vislumbrar nenhum caminho. E sempre que sentia a ardência da ferida, proferia silenciosamente o *Om*, imbuía-se do *Om*. Os monges no jardim observavam-no, e quando ficara assim por muito tempo, quando o pó se acumulara na cabeleira grisalha, veio um deles e depositou a seus pés duas bananas. Mas o ancião nem sequer o olhou.

Desse torpor despertou-o um toque no ombro. Reconhecendo imediatamente aquele contato delicado, tímido, voltou a si e levantou-se para saudar a Vasudeva que lhe seguira os passos. E ao contemplar o rosto do amigo, as ruguinhas como que repletas de puro sorriso, os olhos joviais, também se pôs a sorrir. Nesse instante, reparou nas bananas que jaziam a sua frente. Apanhou-as e deu uma ao balseiro enquanto comia a outra. Em seguida, sem falar, voltou à floresta em companhia de Vasudeva. Encaminharam-se à balsa. Nenhum dos dois mencionava o que se passara naquele dia. Não pronunciavam o nome do menino. Não aludiam a sua fuga. Não mexiam na ferida. Na cabana, Sidarta recolheu-se ao leito, e quando Vasudeva, alguns instantes depois, aproximou-se dele, a fim de oferecer-lhe uma tigela de leite de coco, já o encontrou dormindo.

7
Om

Por muito tempo ainda, a ferida continuou a arder. Cabia a Sidarta transportar pelo rio numerosos viajantes acompanhados de filhos ou filhas e cada vez que os observava, dava-se conta de que tinha inveja deles, de que dizia para si: "Tanta gente, tantas milhares de pessoas gozam dessa felicidade, da mais doce de todas, e eu não! Por quê? Até os homens mais maldosos, até os ladrões e os salteadores têm filhos. Amam-nos e são amados por eles. Unicamente eu não recebi meu quinhão!" Tais eram as reflexões ingênuas, insensatas que nessas horas lhe passavam pela cabeça. A tal ponto assemelhara-se aos homens tolos.

Era de modo diferente do de outrora que a essa altura pensava a respeito das criaturas humanas. Havia no julgamento menos intelecto, menos orgulho, mas, em compensação, mais calor, mais curiosidade, mais simpatia. Quando conduzia passageiros ordinários, homens tolos, negociantes, guerreiros, mulherio, esses seres já não lhe afiguravam estranhos. Ele os compreendia. Compreendia sua existência jamais orientada por raciocínio e percepção, senão exclusivamente por instinto e desejo. Tomava parte dela. Sentia-se igual a eles. Ainda que tivesse chegado bem perto da perfeição e padecesse as dores da derradeira de suas feridas, tinha a impressão de que aqueles homens tolos eram seus irmãos. A vaidade, a cupidez, o ridículo que os dominavam perdiam para ele sua comicidade, encontravam explicação, tornavam-nos até mesmo dignos de respeito. O amor cego que a mãe tributasse ao filho; o orgulho estúpido, obcecado, de que um pai presunçoso se enchesse em face do filhinho único; o desejo desvairado, furioso, de possuir joias, de ser admirada pelos homens, tal como o experimenta uma mocinha garrida – todos esses instintos, todas essas infantilidades, ambições e ânsias, impulsos simples, irracionais, porém invencíveis na desmedida força e na pujante vitalidade, cessavam de apresentar-se aos olhos de Sidarta como mera criancice. Ele chegava a entender que os seres humanos viviam em função dessas coisas e que justamente elas os capacitavam para proezas incríveis, permitindo-lhes fazer guerras, empreender viagens, suportar tudo e resistir a sofrimentos sem fim. Por isso, era possível que ele os amasse e que se lhe descortinasse a vida, o ânimo, o Indestrutível, o *Brama*, a manifestar-se em todos os atos e em todas as paixões dessas criaturas. Aquela gente, com sua lealdade cega, com seu vigor e sua tenacidade, merecia carinho e admiração. Nada lhe faltava. O sábio, o filósofo superava-a apenas num único e minúsculo pontinho, numa só coisinha de nada; a saber, a consciência que ele obtivera da unidade de toda a vida. E mesmo assim houve momentos em que o próprio Sidarta duvidara do alto valor de tal sabedoria ou ideia e ventilasse a possibilidade de também ela não passar de uma infantilidade peculiar de homens pensadores ou de criançolas pensantes. Em todos os demais assuntos, os homens comuns igualavam-se aos sábios e, frequentemente, lhes eram bastante superiores, assim como os animais, na realização persistente, imperturbável, de tudo quanto for necessário, às vezes, parecem capazes de ultrapassar os homens.

Lentamente desabrochava e amadurecia no espírito de Sidarta a percepção, o conhecimento daquilo que na verdade significava sabedoria e devia ser a meta de suas buscas prolongadas. Nada era senão uma predisposição da alma, a faculdade, a arte secreta de conceber, a cada instante, em plena vida, a ideia da unidade, de sentir a unidade, de encher dela os pulmões. Pouco a pouco, essa certeza crescia nele e seu reflexo aparecia no rosto velho e, todavia, infantil, de Vasudeva, revelando harmonia, ciência da eterna perfeição do cosmo, sorriso, unidade.

Mas a ferida continuava a arder. Com saudade e amargura, Sidarta recordava o filho. No coração, conservava sentimentos carinhosos e ternos. Devorado pela dor, cometia todas as tolices de que um homem amoroso é capaz. E essa chama não se extinguia.

Um dia, quando a ferida o torturava mais do que nunca, transpôs o rio, acossado pela angústia. Desembarcou com a firme intenção de ir à cidade e procurar o filho. As águas fluíam suave e silenciosamente. Era a época da seca. Mas a voz do rio tinha um som estranho: ela se ria! Ria-se abertamente. O rio dava risada. Zombava inconfundivelmente do velho balseiro. Sidarta estacou. Inclinou-se por cima da superfície, a fim de escutar melhor aquela voz. Na água que avançava devagarzinho, via seu rosto como num espelho e nessa imagem havia algo que lhe despertava recordações, algo de que se esquecera e que lhe voltava à memória, quando refletia um pouco: esse rosto parecia-se com o de outra pessoa que ele, Sidarta, em tempos remotos, conhecera, adorara e também temera. Parecia-se com o rosto do brâmane, seu pai. E ele evocou aquele dia distante de sua adolescência em que coagira o pai a que o deixasse reunir-se com os ascetas. Reviveu a hora da despedida, quando se fora para nunca mais voltar. Não padecera o pai das mesmas mágoas que nesse instante atormentavam a ele próprio, em razão do filho? Não morrera o pai, havia muito tempo, em plena solidão, sem jamais o ter revisto? E não aguardava ao próprio Sidarta esse mesmo destino? Tal repetição, tal corrida num círculo vicioso, que significavam ela, a não ser uma comédia, uma coisa tão esquisita quanto disparatada?

E o rio prosseguia soltando risadas. Realmente, era assim que se sucedia! Tudo voltava, todos os sofrimentos que não tivessem encontrado uma solução final. Era preciso suportar sempre as mesmas aflições.

Sidarta, porém, reembarcou na balsa. Ao regressar à cabana, recordava o pai, recordava o filho, escarnecido pelo rio, lutando com o próprio *eu*, à beira do desespero, e, apesar disso, propenso a soltar gargalhadas, zombando de si e do mundo inteiro. Ai dele!, a ferida ainda não se transformara em flor. O coração continuava a rebelar-se contra sua sina. Seu sofrimento ainda não chegara a irradiar serenidade e triunfo. Contudo, sentia-se esperançoso e, ao alcançar a choupana, tinha o irresistível desejo de abrir-se a Vasudeva, de mostrar-lhe o fundo da alma, de dizer tudo, tudo a esse mestre na arte de escutar.

Vasudeva estava sentado na cabana, trançando uma cesta. Já não dirigia a balsa. Sua vista começava a ficar fraca e não somente os olhos como também os braços e as mãos enfraqueciam cada vez mais. Inalteradas permaneciam somente a jovialidade e a plácida benevolência de sua fisionomia.

Sidarta tomou assento ao lado do ancião. Em seguida, pôs-se a falar lentamente. Contou coisas que nunca haviam sido mencionadas entre eles. Tratou daquela caminhada que dera à cidade, outrora instigado pela ferida ardente, pela inveja que lhe causava a visão de pais felizes. Confessou saber que esses desejos eram tolos. Relatou as lutas que travara contra eles. Não omitiu nada. Sentiu-se capaz de dizer tudo, inclusive os fatos mais penosos. Conseguiu confessar quaisquer segredos, patentear o que quer que houvesse, narrar todos os pormenores. E ele exibiu sua ferida. Revelando também a tentativa de escape que empreendera naquela mesma manhã, descreveu como atravessara as águas, qual criança que fugia do lar, e como o rio zombara de sua intenção de ir à cidade.

Enquanto ele falava sem parar e Vasudeva o escutava com o rosto impassível, Sidarta notava mais fortemente do que nunca o encanto dessa atenção do amigo. Observava que suas dores, suas angústias fluíam em direção ao outro, que suas mais arcanas esperanças tomavam o mesmo rumo e lhe eram devolvidas pelo companheiro. Expor sua ferida a uma pessoa que soubesse ouvir como só Vasudeva sabia fazê-lo era como se a lavasse no rio, até que cessasse de arder e se unisse com a água. Enquanto prosseguia a fala, revelando mais e mais segredos, abrindo-se sem nenhuma restrição, Sidarta reconhecia com crescente clareza que aquele ente que o escutava, imóvel, já não era Vasudeva, já não era nenhum ser humano, pois que se impregnava de sua confissão como uma árvore absorve a chuva. Sim, esse vulto imutável era o próprio rio, era Deus mesmo, era a Eternidade. E enquanto Sidarta cessava de pensar em si e em sua ferida, apossava-se dele a certeza da transformação que se passara com Vasudeva. Quanto mais se convencia dela, tanto mais entrava no cerne, mais claramente via que tudo era natural, que tudo estava na mais perfeita ordem, que Vasudeva fora assim havia muito, desde sempre, talvez. Só ele não se dera conta desse fato. Até podia ser que quase não existisse mais diferença alguma entre ele e o companheiro! Tinha então a sensação de encarar o velho Vasudeva assim como o povo encara as divindades e que esse estado de coisas não duraria muito mais tempo. No seu espírito, começava a despedir-se de Vasudeva. Não obstante, continuava a falar.

Quando Sidarta terminou, Vasudeva lhe lançou um de seus olhares bondosos, já um tanto fragilizados. Não disse nada. Limitou-se a irradiar em direção a Sidarta carinho e serenidade, compreensão e sabedoria. Agarrando a mão do amigo, conduziu-o até a ribeira. Lá, sentou-se a seu lado. Sorrindo, contemplou o rio:

– Ouviste como ele se riu – disse. – Mas não ouviste tudo. Prestemos atenção. Logo ouvirás muito mais.

E ambos escutavam o murmúrio das ondas. Suavemente, ressoava o canto das inúmeras vozes do rio. Sidarta olhava as águas e na corrente surgiam imagens: aparecia-lhe o pai solitário, a lamentar a perda do filho; aparecia ele mesmo, igualmente solitário, ligado ao filho distante pelas amarras da saudade; aparecia-lhe o filho, também ele solitário, a percorrer avidamente a pista abrasada dos desejos juvenis. Cada qual tinha os olhos fixos em sua meta; cada qual andava fanaticamente atrás de seu desígnio; cada qual sofria. O rio cantava com voz plangente. Cantava saudades. Angustiado, dirigia-se a sua foz, e sua voz soava melancólica.

– Estás ouvindo? – perguntou o olhar mudo de Vasudeva.

Sidarta fez que sim.

– Escuta mais! – soprou-lhe Vasudeva.

Sidarta esforçou-se por aguçar os ouvidos. A imagem do pai, a própria imagem e a do filho, todas elas se confundiam. Também surgiam e diluíam em seguida as visões de Kamala, de Govinda e muitas outras. Entremesclavam-se, tornavam-se rio e, como tal, fluíam em direção à meta, ávida, ansiosa, tristemente. E a voz do rio ressoava, cheia de saudade, cheia de doloroso pesar, cheia de insaciável desejo. O rio rumava em direção à foz. Sidarta percebia a pressa daquela corrente formada por ele mesmo, pelos seus, por todos os homens que já se lhe haviam deparado. Todas essas ondas e águas, carregadas de sofrimentos, precipitavam-se em busca de suas metas, que eram muitas, as cataratas, o lago, o estreito, o mar e, uma a uma, as metas eram alcançadas, mas a cada qual seguia outra; da água formava-se bruma, que subia ao céu, transformava-se em chuva, a cair das alturas, virava fonte, virava regato, virava rio e novamente iniciava sua jornada, novamente fluía rumo à meta. Mas a voz sôfrega acabava de mudar. Ainda ressoava plangente, inquiridora, porém se misturava com outras vozes, alegres e aflitas, boas e más, risonhas e entristecidas, centenas de vozes, milhares de vozes.

Sidarta escutava. Naquele momento, era todo ouvidos, entregando-se por inteiro à própria atenção, receptáculo totalmente vazio, prestes a encher-se. Sentia que àquela hora atingiria a derradeira perfeição na arte de escutar. Quantas vezes não ouvira todos aqueles rumores, a multiplicidade das vozes que vinham do rio, mas naquele dia lhe pareciam novas. Já não era capaz de identificá-las. Não conseguia distinguir as vozes jubilosas das choronas, as infantis das másculas. Todas elas formavam uma só, a lamentação da nostalgia, a risada do ceticismo, o grito da cólera e o estertor da agonia. Tudo era uma e a mesma coisa, tudo se entretecia, enredava-se, emaranhava-se mil vezes. E todo aquele conjunto, a soma das vozes, a totalidade das metas, das ânsias, dos sofrimentos, das delícias, todo o bem e todo o mal, esse conjunto, era o mundo. Esse conjunto era o rio dos destinos, era a música da vida. Mas quando ele escutava atentamente o que cantava o rio, com seu coro de mil vozes, quando se abstinha de destilar dele o sofrimento ou o riso, quando cessava de ligar a alma a determinada voz e de penetrar nela com o espírito, quando, pelo contrário, ouvia todas elas, a soma, a unidade, acontecia que a grandiosa cantiga das milhares de vozes se resumia numa só palavra, que era *Om*, a perfeição.

– Estás ouvindo? – tornou a indagar o olhar de Vasudeva.

Luminosamente resplandecia o sorriso do balseiro, pairando por cima das inúmeras rugas do semblante idoso, assim como o *Om* pairava por cima de todas as vozes do rio. Luminosamente resplandecia seu sorriso enquanto fitava o amigo e com igual clareza luzia no rosto de Sidarta o mesmo sorriso. Sua ferida desabrochava como uma flor. Sua mágoa fulgia. Seu *eu* incorporara-se na unidade.

Foi nessa hora que Sidarta cessou de lutar contra o destino. Cessou de sofrer. Em seu rosto florescia aquela serenidade do saber, à qual já não se opunha nenhuma vontade, que conhece a perfeição, que está de acordo com o rio dos acontecimentos e o curso da vida; a serenidade que torna suas as penas e as ditas de todos, entregue à corrente, pertencente à unidade.

Quando Vasudeva se levantou do assento na ribeira, quando mirou os olhos de Sidarta e nele descobriu a serenidade do saber, tocou suavemente no ombro do companheiro, daquela maneira discreta, delicada, que lhe era peculiar, e disse:

– Esperei, meu caro, que esta hora viesse um dia. Agora que ela veio, deixa que me vá. Durante algum tempo ansiei por ela. Por longos anos tenho sido Vasudeva, o balseiro. Agora basta. Adeus, cabana! Adeus, rio! Adeus, Sidarta!

Sidarta curvou-se profundamente diante do amigo que se despedia.

– Eu sabia disso – murmurou. – Tu te dirigirás à selva?

– Dirijo-me à selva. Busco a unidade – respondeu Vasudeva, radiante.

E radiante se foi. Sidarta acompanhou-o com o olhar, e nos olhos havia infinita alegria, infinita gravidade, enquanto observava o andar calmo, a cabeça aureolada, o vulto envolvido em luz.

8
Govinda

Certa vez, Govinda repousava em companhia de outros monges naquele parque que a cortesã Kamala dera de presente aos discípulos de Gotama. Foi lá que ouviu falar de um balseiro idoso, que morava junto ao rio, a uma jornada de distância e ao qual o povo considerava um sábio. Prosseguindo seu caminho, Govinda escolheu a estrada que o conduzisse até a balsa. Estava curioso para conhecer esse velho. Pois, muito embora tivesse passado toda a vida em obediência aos regulamentos e os monges mais jovens lhe tributassem o respeito que mereciam sua idade e sua modéstia, jamais se tinham extinguido na sua alma a inquietação e o afã da pesquisa.

Chegado ao rio, pediu ao ancião que o levasse ao outro lado. Ao desembarcarem, disse-lhe:

– Sempre te mostras muito gentil para com os monges e com os peregrinos. Já transportaste ao longo do rio grande número dos nossos. Mas dize-me, ó balseiro, não serás também tu daqueles que procuram o caminho certo?

Respondeu Sidarta, com um sorriso a iluminar-lhe os olhos cansados:

– Mas como, ó Venerável? Ainda andas em busca do caminho? Ora, estás em idade provecta e usa os trajes dos discípulos de Gotama.

– É verdade que sou velho – admitiu Govinda. – Mas nunca cessei de pesquisar. Parece que será meu destino jamais abandonar a busca. Tenho a impressão de que também tu procuraste a senda. Não me queres revelar algo a esse respeito, meu prezado amigo?

Ao que replicou Sidarta:

– Que poderia eu dizer-te, ó reverendo? Só, talvez, que procuras demais, que de tanta busca não tens tempo para encontrar coisa alguma.

– Por quê? – perguntou Govinda.

– Quando alguém procura muito – explicou Sidarta – pode facilmente acontecer que seus olhos se concentrem exclusivamente no objeto procurado e que ele fique incapaz de achar o que quer que seja, tornando-se inacessível a tudo e a qualquer coisa porque sempre só pensa naquele objeto e porque tem uma meta, que o obceca inteiramente. Procurar significa ter uma meta. Mas achar significa estar livre, abrir-se a tudo, não ter meta alguma. Pode ser que tu, ó Venerável, sejas realmente um buscador, já que, no afã de te aproximares de tua meta, não enxergas certas coisas que se encontram bem perto dos olhos.

– Ainda não te compreendo inteiramente – insistiu Govinda. – Que queres dizer com isso?

E Sidarta respondeu:

– Em outra época, ó Venerável, há muitos anos, já estiveste aqui, à beira deste rio. Junto à riba, viste um homem que dormia. Sentaste-te a seu lado, a fim de velares seu sono. E, todavia, ó Govinda, não reconheces aquele homem.

Pasmo, como que enfeitiçado, o monge fitou o rosto do balseiro.

– Serás mesmo Sidarta? – perguntou em voz balbuciante. – Também dessa vez não te teria reconhecido. Saúdo-te de todo coração, ó Sidarta. Sinto-me realmente feliz por ver-te mais uma vez! Mudaste bastante, meu amigo... Pois, então, ficaste balseiro?

Sidarta riu-se entusiasticamente.

– Sim, sou balseiro. Há pessoas, ó Govinda, que necessitam transformar-se frequentemente e usar fantasias de toda espécie. Sou uma dessas pessoas. Sê bem-vindo, meu caro. Passa a noite em minha cabana!

Govinda pernoitou na casinha de Sidarta. Dormiu no leito outrora ocupado por Vasudeva. Dirigiu inúmeras perguntas ao amigo de infância. Sidarta teve de contar-lhe muita coisa de sua vida.

Quando, na manhã seguinte, chegou a hora de continuar a romaria, Govinda disse, depois de alguma hesitação:

– Antes de eu prosseguir em minha jornada, permite-me mais uma pergunta, ó Sidarta: tens alguma doutrina? Algum credo? Algum conhecimento que te oriente e te ajude a viver praticando o Bem?

– Ora, meu caro amigo – tornou Sidarta –, tu sabes muito bem que já na mocidade, naqueles dias que passamos na floresta, em companhia dos ascetas, cheguei a desconfiar de doutrinas e de professores, a tal ponto que lhes virei as costas. E assim me conservei. Desde então, porém, tive numerosos mestres. Uma formosa cortesã serviu-me de instrutora durante vários anos. Um comerciante abastado ministrou-me ensinamentos. Alguns jogadores de dados deram-me aulas. Certa vez, um peregrino, discípulo do Buda, foi meu mestre, quando permaneceu sentado perto de mim, enquanto eu dormia na selva, por ocasião de uma romaria. Também a ele devo certas noções e lhe fico grato por isso, muito grato. Mas a maior parte do que aprendi veio-me do rio e de meu predecessor, o balseiro Vasudeva. Foi um homem simples, esse Vasudeva. Nenhum filósofo. Mas sabia o necessário, tão bem quanto Gotama. Reputo-o um ser perfeito.

– Parece-me – disse Govinda – que ainda gostas de uma pontada de ironia, amigo Sidarta. Acredito no que dizes. Sei que não seguiste nenhum mestre. Mas supondo que não tenhas descoberto doutrina alguma pelo próprio esforço, não achaste, pelo menos, certas ideias e percepções que sejam tuas e facilitem a existência? Se me dissesses algo sobre elas, alegrarias meu coração.

– Na verdade, me vieram algumas ideias – respondeu Sidarta – e de quando em quando tive percepções. Ocorreu-me às vezes sentir, por uma hora e mesmo durante um dia inteiro, a presença do saber em meu íntimo, assim como sentimos o pulso da vida no coração. Certamente refleti sobre muita coisa, mas seria difícil para mim transmitir-te meus pensamentos. Olha, meu querido Govinda, entre as ideias que se me descortinaram encontra-se esta: a sabedoria não pode ser comunicada. A sabedoria que um sábio quiser transmitir sempre cheirará a tolice.

– Estás brincando? – perguntou Govinda.

– Não brinco, não. Digo apenas o que percebi. O conhecimento pode ser transmitido, mas nunca a sabedoria. Podemos achá-la; podemos vivê-la; podemos consentir em que ela nos norteie; podemos fazer milagres por intermédio dela. Mas não nos é dado pronunciá-la e ensiná-la. Esse fato, já o vislumbrei, às vezes, na juventude. Foi ele que me afastou dos mestres. Uma percepção me veio, ó Govinda, que talvez se te afigure novamente como uma brincadeira ou uma bobagem. Reza ela: "O oposto de cada verdade é igualmente verdade." Isso significa: uma verdade só poderá ser comunicada e formulada por meio de palavras quando for unilateral. Ora, unilateral é tudo quanto possamos apanhar pelo pensamento e exprimir pela palavra. Tudo aquilo é apenas um lado das coisas, não passa de parte, carece de totalidade, está incompleto, não tem unidade. Sempre que o augusto Gotama, em suas aulas, nos falava do mundo, era preciso que o subdividisse em *Sansara* e *Nirvana*, em ilusão e verdade, em sofrimento e redenção. Não se pode proceder de outra forma. Não há outro caminho para quem quiser ensinar. Mas o próprio mundo, o ser que nos rodeia e existe em nosso íntimo, não é nunca unilateral.

Nenhuma criatura humana, nenhuma ação é inteiramente *Sansara* nem inteiramente *Nirvana*. Homem algum é totalmente santo ou totalmente pecador. Uma vez que facilmente nos equivocamos, temos a impressão de que o tempo seja algo real. Não, Govinda, o tempo não é real, como verifiquei em muitas ocasiões. E se o tempo não é real, não passa, tampouco, de ilusão aquele lapso que nos parece estender-se entre o mundo e a eternidade, entre o tormento e a bem-aventurança, entre o bem e o mal.

– Mas como? – perguntou Govinda, angustiado.

– Presta atenção, meu querido, muita atenção! O pecador que eu sou, e que tu és, é pecador, mas um dia voltará a ser *Brama*. Em determinado momento alcançará o *Nirvana* e será o Buda. Mas olha bem: esse "um dia" é apenas uma ilusão, um termo convencional. O pecador não se encontra a caminho do estado de Buda; não está em plena evolução, muito embora nosso cérebro seja incapaz de imaginar as coisas de outro modo. Pelo contrário, no pecador já se acha contido, hoje, agora mesmo, o futuro Buda. Todo o seu porvir já está presente. Tu deves respeitar na pessoa desse pecador, na própria pessoa, na de qualquer homem, o Buda em botão, o Buda possível, o Buda oculto. O mundo, amigo Govinda, não é imperfeito e não se encaminha lentamente rumo à perfeição. Não! A cada instante é perfeito. Todo e qualquer pecado já traz em si a graça. Em todas as criancinhas já existe o ancião. Nos lactentes já se esconde a morte, como em todos os moribundos há vida eterna. A homem algum é dado perceber até que ponto o próximo já avançou na senda que lhe coube. No salteador e no jogador, o Buda espera sua hora; e no brâmane, o salteador. Na meditação profunda nos é oferecida a possibilidade de aniquilarmos o tempo, de contemplarmos, simultaneamente, toda a vida passada, presente e futura. Então, tudo fica bem; tudo perfeito; tudo *Brama*. Por isso, o que existe me parece bom. A morte, para mim, é igual à vida; o pecado, igual à santidade; a inteligência, igual à tolice. Tudo deve ser como é. Unicamente meu consenso, minha vontade, minha compreensão carinhosa são necessários para que todas as coisas sejam boas, a ponto de somente me trazerem vantagens, sem nunca me prejudicarem. Em meu corpo e minha alma fiz a experiência de quanto carecia do pecado, da volúpia, da cobiça de bens materiais, da vaidade, de quanto precisava até do mais abjeto desespero para que aprendesse a desistir de minha obstinação, a querer bem ao mundo, a cessar de compará-lo a qualquer outro mundo imaginário que correspondesse a meus desejos, a algum tipo de perfeição brotado do cérebro e para que, deixando-o tal como é, me limitasse a amá-lo e a gostar de fazer parte dele... Ora, Govinda, esses são alguns dos pensamentos que me vieram.

Baixando-se, Sidarta apanhou uma pedra. Enquanto a sopesava com a mão, disse displicentemente:

– Isto é uma pedra, mas daqui a algum tempo talvez seja terra, e da terra se transformará numa planta, ou num animal, ou ainda num homem. Em outra época, quem sabe, eu teria dito: "Essa pedra é apenas uma pedra. Não tem nenhum valor. Pertence ao mundo da *Maia*. Como, no entanto, pode acontecer que, no decorrer do ciclo das metamorfoses, ela se converta num ser humano e adquira espírito, presto certa atenção a ela." Eis o que, provavelmente, eu teria pensado naqueles tempos. Hoje, porém, raciocino assim: "Esta pedra é pedra, mas é também animal, é também Deus, é Buda." Não lhe tributo reverência ou amor, porque ela um dia talvez possa se tornar isso ou aquilo, senão porque é tudo isso, desde sempre. E precisamente por ser ela uma pedra, por se apresentar a mim como tal, hoje, neste momento, amo-a e percebo o valor, o significado que existe em qualquer uma de suas veias e cavidades, nos amarelos e nos cinzas de sua coloração, em sua dureza, no som que lhe extraio ao bater nela, na aridez ou na umidade de sua superfície. Há pedras que, ao tato, dão-nos a impressão de tocarmos em sabão ou óleo. Outras são como folhas ou como areia. Cada qual é diferente e profere o *Om* a sua maneira peculiar. Todas elas são *Brama*, mas, simultânea e especialmente, são pedras que podem ser oleosas ou viscosas. Justamente isso me agrada. Parece-me maravilhoso, realmente digno de veneração... Não me obrigues, porém, a falar mais. As palavras deturpam sempre o sentido arcano. Todas as coisas alteram-se logo que lhes pronunciamos o nome. Então, se tornam levemente falsas e ridículas... Pois é. Mas, olha, até isso acho benfeito. Aprovo inteiramente e com o maior prazer o fato de que aquilo que para uma pessoa é um tesouro e uma grande sabedoria representa para os demais homens rematada tolice.

Govinda ouviu-o em silêncio.

Após uma pausa, perguntou timidamente:

– Por que me falaste da pedra?

– Foi sem intenção. Ou talvez quisesse dizer que amo de fato a pedra e o rio e todas essas coisas que contemplamos e com as quais muito podemos aprender. Sei amar uma pedra, ó Govinda, e também uma árvore ou um pedacinho de casca. São coisas, e coisas podem ser amadas. Mas não posso amar palavras. Por isso não me servem as doutrinas. Não têm nem dureza nem maciez, não têm cores nem arestas, nem cheiro nem sabor. Não têm nada a não ser palavras. Talvez seja essa a razão por que não encontres a paz: o excesso de palavras. Pois, Govinda, também a redenção e a virtude, o *Sansara* e o *Nirvana* são meras palavras. Não existe coisa alguma que seja *Nirvana*. O que existe é apenas a palavra *Nirvana*.

Respondeu Govinda:

– Não, não, meu amigo, *Nirvana* não é apenas uma palavra. É uma ideia.

Mas Sidarta prosseguiu:

– Uma ideia. Pois não. Confesso-te, meu caro, que não faço muita distinção entre palavras e ideias. Para falar com toda a franqueza: não dou grande importância às próprias ideias. As coisas têm para mim muito maior significado. Nessa balsa aí, para dar-te um exemplo, houve um homem, meu predecessor e meu mestre, que durante muitos anos, a sua maneira singela, acreditava no rio e em nada mais. Percebera que a voz do rio se dirigia a ele. Dela aprendia. Ela educava-o e instruía-o. O rio parecia-lhe um deus. Por muito tempo, ignorava esse homem que qualquer aragem, nuvem, ave ou besouro são igualmente divinos e sabem tanto, podem ensinar-nos tanto quanto aquele rio. Ora, quando esse santo se encaminhou para a selva, sabia tudo, sabia mais que tu e eu, sem professor, sem livros, unicamente por ter acreditado no rio.

Replicou Govinda:

– Mas, dize-me: aquilo que chamas de *coisas* é mesmo algo real, algo essencial? Não será apenas uma ilusão da *Maia*, simples miragem, pura aparência? Essa tua pedra, tua árvore, teu rio são ou não são realidades?

– Esse problema – disse Sidarta – não me preocupa, tampouco. Quanto a mim, as coisas podem ser mera aparência, uma vez que, nesse caso, também sou aparência e assim serão elas sempre meus iguais. Eis o que as torna para mim tão caras e venerandas: são como eu. Por isso, posso amá-las. E com isso te comunico uma doutrina que te fará rir, ó Govinda: tenho para mim que o amor é o que há de mais importante no mundo. Analisar o mundo, explicá-lo, menosprezá-lo, talvez caiba aos grandes pensadores. Mas a mim interessa exclusivamente que eu seja capaz de amar o mundo, de não sentir desprezo por ele, de não odiar nem a ele nem a mim mesmo, de contemplar a ele, a mim, a todas as criaturas com amor, admiração e reverência.

– Compreendo – disse Govinda. – E, no entanto, é precisamente isso o que o Augusto qualificava de ilusão. Ele proclamou a benevolência, a tolerância, a compaixão, o comedimento, mas nunca o amor. Pelo contrário, proibiu-nos de ligarmos nosso coração amorosamente às coisas terrenas.

– Sei disso – tornou Sidarta, cujo sorriso resplandecia como ouro. – Sei disso, ó Govinda. Imagina só: neste instante, já nos enredamos na confusão das opiniões. Estamos em plena discussão a propósito de palavras. Pois bem, não posso negar que as palavras que proferi a respeito do amor estão em desacordo com os ensinamentos de Gotama. Justamente por isso, desconfio tanto de quaisquer palavras, porquanto sei que essa divergência é apenas ilusão. Tenho certeza de estar concorde com Gotama. Como seria possível que Ele desconhecesse o amor; Ele que reconhecia a efemeridade e a fraqueza de toda a natureza humana e, todavia, amava os homens a ponto de devotar sua longa e laboriosa existência à única tarefa de ajudá-los e ensiná-los. Também com relação a Ele, teu grande mestre, as coisas têm, a meu ver, mais valor que as palavras. O gesto de sua mão me importa mais que suas opiniões. Não é em seus discursos e em suas ideias que se me depara sua grandeza, senão unicamente em seus atos e em sua vida.

Por muito tempo, os dois velhos permaneceram calados. A seguir, Govinda inclinou-se para despedir-se.

– Fico-te muito grato, ó Sidarta – disse –, por teres me revelado um pouco de teus pensamentos. É bem verdade que alguns deles são bastante estranhos. Não consegui compreender todos eles de uma vez. Mas, seja como for, agradeço-te e desejo-te dias tranquilos.

(Secretamente, porém, no fundo do coração, ponderava: "Esse Sidarta é um homem esquisito. Profere ideias curiosas.

Sua doutrina parece tola. Como são diferentes os ensinamentos do Sublime! Parecem mais claros, mais puros, mais acessíveis. Neles nada é excêntrico, disparatado, ridículo. E, no entanto, acho que há uma grande diferença entre as ideias de Sidarta, de um lado, e suas mãos, seus pés, seus olhos, sua testa, seu modo de respirar, de sorrir, de andar, de saudar-me, do outro. Nunca, desde o dia em que nosso augusto Gotama entrou no *Nirvana*, nunca mais vi pessoa alguma em face da qual sentisse logo: esse aí é um santo! Isso somente me ocorreu agora, na presença de Sidarta. Pode ser que sua doutrina seja surpreendente, que suas palavras soem assombrosas. Mas seu olhar, sua mão, sua pele, seu cabelo – tudo isso irradia tamanha calma, doçura e santidade como jamais encontrei em nenhum outro homem, desde a última morte do nosso excelso Mestre.")

Enquanto falava assim para si mesmo, com o coração agitado por sentimentos contraditórios, aproximou-se mais uma vez de Sidarta, como que atraído pela afeição. Em seguida, curvou-se profundamente diante do amigo que se conservava sentado, imóvel.

– Sidarta – disse então –, ficamos velhos. É pouco provável que nos tornemos a ver sob esta forma de nossa existência. Vejo, meu querido, que encontraste a paz. Confesso que não consegui localizá-la. Dize-me mais uma palavra, o Venerando. Dá-me algo que possa levar comigo, alguma coisa que me seja possível entender e assimilar durante minha jornada. Olha, Sidarta, esse meu caminho é às vezes bastante laborioso e sombrio.

Sidarta permaneceu calado. Limitou-se a fitar o outro com aquele seu sorriso plácido. Govinda cravou os olhos no rosto do amigo. Em seu olhar, liam-se angústia, saudade, sofrimento, tanto como contínua busca, contínuo desencanto.

Sidarta percebeu-o e sorriu:

– Acerca-te de mim! – soprou ao ouvido de Govinda. – Inclina-te mais! Mais ainda. Chega-te para bem perto de mim! E agora me dá um beijo na testa, ó Govinda!

Govinda pasmou-se, mas, atraído por sua grande afeição e por algum pressentimento, obedeceu ao desejo de Sidarta. Achegando-se a ele, imprimiu-lhe os lábios na fronte. E nesse instante aconteceu-lhe qualquer coisa singular. Enquanto os seus pensamentos ainda se detinham nas palavras estranhas proferidas por Sidarta; enquanto seu espírito se esforçava, relutante e improficuamente, por eliminar o tempo e por representar-se a unidade de *Nirvana* e *Sansara*; enquanto, em seu íntimo, certo desdém pelas opiniões do amigo se debatia com irrestrita ternura e reverência, deu-se com ele o seguinte fenômeno: Govinda já não enxergava o semblante de Sidarta, seu companheiro. Em vez dele via outros rostos, inúmeros, toda uma fila, uma torrente de rostos, centenas, milhares, que todos eles apareciam, sumiam e, todavia, davam a impressão de estar presentes simultaneamente, rostos que a cada instante se modificavam e renovavam e, contudo, eram sempre Sidarta. Via a cabeça de um peixe, uma carpa, com a boca semiaberta em infinita dor, peixe agonizante, de olhos vidrados. Via o rostinho de uma criança recém-nascida, vermelho, enrugado, a ponto de chorar. Via a fisionomia de um assassino, no momento em que varava com a faca o corpo de sua vítima e, ao mesmo tempo, via esse criminoso ajoelhar-se, algemado, para que o algoz o decapitasse com um só golpe de terçado. Via os corpos desnudos de homens e mulheres, entrelaçados em posições e embates de desvairado amor. Via cadáveres prostrados, imóveis, gélidos, vazios. Via cabeças de animais, de javalis, crocodilos, elefantes, touros, aves. Via divindades, Krishna,* Agni...** Via todos esses vultos e rostos ligados entre si por

---

*Krishna é um deus do panteão hindu. (*N. do E.*)

**Agni é uma divindade hindu. (*N. do E.*)

milhares de relações, cada qual a acudir o outro, a amá-lo, a odiá-lo, a destruí-lo, a pari-lo de novo. Cada qual expressava o desejo de morrer, era apaixonada e dolorosa a profusão de alternâncias efêmeras e, no entanto, não morria, apenas se modificava, renascia uma e outra vez, tomava aspectos sempre diversos, sem que o tempo se intercalasse entre uma e outra configuração. E todos esses rostos repousavam, flutuavam, geravam-se mutuamente, esvaíam-se e confundiam-se. Mas por cima deles, sem exceção, estendia-se uma pequena camada, irreal e todavia existente, qual tênue chapa de vidro ou de gelo, camada transparente, casca, molde, máscara de água. Pois essa máscara morria e essa máscara era o rosto risonho de Sidarta, que ele, Govinda, nesse momento, tocava com os lábios. E Govinda percebeu que esse sorriso da máscara, o sorriso da unidade acima do fluxo das aparências, o sorriso da simultaneidade muito além do sem-número de nascimentos e mortes, o sorriso de Sidarta, era idêntico àquele sorriso calmo, delicado, indevassável, talvez bondoso, talvez irônico, de Gotama, o Buda, tal como ele próprio o observara centenas de vezes com profundo respeito. Era assim – Govinda o sabia – que sorriam os seres perfeitos.

Tendo perdido a noção do tempo, já não sabendo se aquela visão durava um segundo ou um século, ignorando se já existiam Sidarta, Gotama, o *eu* e o *tu*, com as entranhas como que atravessadas por uma seta divina, cuja ferida tivesse doce sabor, com a alma enfeitiçada e confusa, detinha-se Govinda por mais alguns instantes. Inclinava-se por sobre o rosto plácido de Sidarta, do qual voltava após dar-lhe um beijo, e que acabava de ser o cenário de todas aquelas formas, evoluções e existências. O semblante não se modificara depois que, sob a superfície, tornara a fechar-se o abismo da infinita multiplicidade. Sorria silenciosa, suave e ternamente, talvez com bondade, talvez com ironia, assim como outrora sorrira o Sublime.

Govinda curvou-se em genuína reverência. Lágrimas de que não se dava conta corriam-lhe pelas faces idosas. No coração ardia, qual fogo, o sentimento de caloroso amor e de submissa veneração. Profundamente, até ao chão, Govinda inclinou-se diante de Sidarta, que se conservava sentado, imóvel, e cujo sorriso chamava à memória do amigo tudo quanto ele amara no curso da vida, tudo quanto já se lhe afigurara precioso e sagrado.

fim

ATENDIMENTO AO LEITOR E VENDAS DIRETAS

Você pode adquirir os títulos da BestBolso através do Marketing Direto do Grupo Editorial Record.

- Telefone: (21) 2585-2002
  (de segunda a sexta-feira, das 8h30 às 18h)
- E-mail: mdireto@record.com.br
- Fax: (21) 2585-2010

Entre em contato conosco caso tenha alguma dúvida, precise de informações ou queira se cadastrar para receber nossos informativos de lançamentos e promoções.

Nossos sites:
www.edicoesbestbolso.com.br
www.record.com.br

EDIÇÕES BESTBOLSO

Alguns títulos publicados

1. *O Lobo da Estepe*, Hermann Hesse
2. *O jogo das contas de vidro*, Hermann Hesse
3. *A queda*, Albert Camus
4. *A peste*, Albert Camus
5. *O mito de Sísifo*, Albert Camus
6. *O diário de Anne Frank*, Otto H. Frank e Mirjam Pressler
7. *Pedro Páramo*, Juan Rulfo
8. *O grande Gatsby*, F. Scott Fitzgerald
9. *Suave é a noite*, F. Scott Fitzgerald
10. *Os belos e malditos*, F. Scott Fitzgerald
11. *Este lado do paraíso*, F. Scott Fitzgerald
12. *O último magnata*, F. Scott Fitzgerald
13. *Orgulho e preconceito*, Jane Austen
14. *A abadia de Northanger*, Jane Austen
15. *Razão e sensibilidade*, Jane Austen
16. *Persuasão*, Jane Austen
17. *Mansfield Park*, Jane Austen
18. *Emma*, Jane Austen
19. *O amante de Lady Chaterlley*, D.H.Lawrence
20. *A época da inocência*, Edith Wharton
21. *O morro dos ventos uivantes*, Emily Brontë
22. *Robinson Crusoé*, Daniel Defoe
23. *O príncipe e o mendigo*, Mark Twain
24. *Antologia de contos extraordinários*, Edgar Allan Poe
25. *As vinhas da ira*, John Steinbeck
26. *O Gattopardo*, Tomasi di Lampedusa
27. *A taça de ouro*, Henry James
28. *O primo Basílio*, Eça de Queirós
29. *A cidade e as serras*, Eça de Queirós
30. *O crime do padre Amaro*, Eça de Queirós

EDIÇÕES
BestBolso

Este livro foi composto na tipologia Minion Pro Regular, em corpo 10,5/12,5, e impresso em papel off-set 56g/m² no Sistema Cameron da Divisão Gráfica da Distribuidora Record.